.2.

Aurora Teagarden

Un crime en héritage

. . .

Du même auteur

CHARLAINE HARRIS

.2.

AURORA TEAGARDEN

Un crime en héritage

...

Traduit de l'anglais (États-Unis)
par Anne Muller

Flammarion
Québec

Catalogage avant publication de Bibliothèque et Archives nationales du Québec et Bibliothèque et Archives Canada

Harris, Charlaine
       [Bone to pick. Français]
       Un crime en héritage
       (Aurora Teagarden ; 2)
       Traduction de : A bone to pick.
       ISBN 978-2-89077-489-6
       I. Muller, Anne. II. Titre. III. Titre : Bone to pick. Français.
PS3558.A77B6614 2013   813'.54   C2013-941168-2

COUVERTURE
Photo : Maude Chauvin
Conception graphique : Atelier lapin blanc

INTÉRIEUR
Composition : Facompo

Titre original : A BONE TO PICK
Éditeur original : The Berkley Publishing Group,
filiale de Penguin Group (USA) Inc.
© Charlaine Harris, 1992
Traduction en langue française : © Éditions J'ai lu, 2013
Édition canadienne : © Flammarion Québec, 2013

Tous droits réservés
ISBN 978-2-89077-489-6
Dépôt légal BAnQ : 3ᵉ trimestre 2013

Imprimé au Canada
www.flammarion.qc.ca

Je dédie ce livre à Patrick, Timothy et Julia.

1

En moins d'un an, j'assistai à trois mariages et un enterrement. À partir du mois de mai, toujours désespérément célibataire, j'avais compris que cette année serait la pire de ma vie. C'était à l'occasion du deuxième mariage, avant les funérailles.

Objectivement, ces noces-là représentaient pour moi un événement très heureux. Je souris anxieusement toute la journée – à tel point que j'en avais mal aux joues le lendemain. J'étais la fille de la mariée. Une situation que je trouvais relativement déconcertante.

Ma mère et son fiancé s'avancèrent à pas mesurés entre les rangées de chaises pliantes disposées dans le salon matriarcal. Et c'est ainsi que sous la houlette du séduisant pasteur de l'église épiscopale, Aida Brattle Teagarden devint Mme John Queensland.

J'avais le sentiment étrange que mes parents quittaient le foyer et renversaient les rôles. Car mon père, sa seconde épouse et mon demi-frère Phillip avaient récemment emménagé en Californie, à l'autre bout du pays. Sans en faire autant, puisqu'elle restait en ville, ma mère, quant à elle, aurait désormais de nouvelles priorités.

Ce qui constituait pour moi, il fallait l'avouer, un soulagement certain.

J'adressai donc mon plus beau sourire aux fils de John Queensland et à leurs épouses – l'une d'elles portait d'ailleurs un enfant, ma mère serait bientôt belle-grand-mère ! J'en fis autant à l'intention d'Aubrey Scott, le nouveau pasteur de Lawrenceton, et je dégoulinai de bienveillance à l'égard de l'équipe commerciale de l'agence immobilière de ma mère, tout en fixant Amina Day, ma meilleure amie, avec une joie sans retenue. Cette dernière me conseilla soudain de me détendre.

— Tu n'es pas obligée de sourire à chaque instant, chuchota-t-elle du coin des lèvres, tandis que le reste de son visage indiquait une attention sans faille pour la cérémonie du partage du gâteau nuptial.

Je me composai immédiatement une expression plus sobre. J'avais ressenti un soulagement intense en apprenant qu'Amina avait pu s'échapper quelques jours de son poste d'assistante juridique à Houston. Plus tard, au cours de la réception, elle m'expliqua que le mariage de ma mère n'était pas la seule raison de son passage à Lawrenceton.

Nous avions trouvé un petit coin discret et elle m'annonça l'événement avec timidité.

— Je vais me marier. Je l'ai annoncé à maman et papa hier soir.

Je m'exclamai, complètement abasourdie.

— Mais avec lequel ?

— Tu n'as rien écouté de ce que je te racontais, quand je t'appelais !

10

C'était indéniable. J'avais laissé le flot de détails m'échapper. Amina était sortie avec un nombre incalculable de mâles. Depuis ses quatorze ans, sa carrière de célibataire adulée n'avait connu qu'une brève interruption, provoquée par un mariage de courte durée.

Je repoussai mes lunettes et levai les yeux – Amina fait un joli mètre soixante-huit tandis que je ne mesure, à tout casser, qu'un mètre cinquante-deux.

— C'est le directeur de magasin ?

— Non, Roe, soupira-t-elle. C'est l'avocat du cabinet en face du mien. Hugh Price.

Son expression passa soudain au romantisme le plus niais.

Je posai par conséquent toutes les questions indispensables dans ces circonstances : comment il lui avait fait sa demande, depuis combien de temps ils étaient ensemble, si sa mère était supportable… sans oublier de me renseigner sur la date et l'endroit prévus pour la cérémonie. Attachée aux traditions, Amina souhaitait se marier à Lawrenceton et attendre encore quelques mois, ce qui me semblait tout à fait judicieux : son premier mariage avait résulté d'une fugue. J'en avais été le témoin, en tant que demoiselle d'honneur, aux côtés du meilleur ami du marié – avec qui je ne m'étais d'ailleurs pas entendu.

J'allais encore une fois remplir ce rôle. Amina n'était pas la seule amie qui m'avait choisie pour l'accompagner, mais la seule qui l'avait fait par deux fois. Existait-il une règle qui limite le nombre de ces occasions ? Lorsque j'officierai pour la dernière fois en remontant l'allée devant Amina, serai-je équipée d'un déambulateur ?

11

Peu de temps après cette conversation, ma mère et John prirent congé de leurs convives avec toute la dignité qui s'imposait. La blancheur éclatante des cheveux et des dents de John complétait harmonieusement la sophistication coutumière de ma mère. Ils allaient passer trois semaines en lune de miel, dans les Bahamas.

Telle fut donc la journée de mariage de ma mère...

Le jour du premier mariage, celui du mois de janvier précédent, je m'armai comme pour partir au combat. Je relevai ma tignasse brune en un chignon de tresses sophistiqué – c'était du moins l'effet que je souhaitais obtenir –, je choisis le soutien-gorge qui optimisait au mieux mes atouts les plus visibles et enfilai une robe à épaulettes or et bleu, flambant neuve. Les escarpins étaient ceux que j'avais achetés pour aller avec une tenue portée lors d'un dîner avec Robin Crusoe. Je poussai un long soupir en les chaussant. Je ne l'avais pas vu depuis des mois. Ce n'était pas une bonne idée de penser à lui. Je trouvais la journée déjà suffisamment déprimante. Au moins, les talons me donneraient de la hauteur. Je me maquillai ensuite, mon nez touchant presque le miroir : sans mes lunettes, je ne vois pas grand-chose. Après avoir appliqué autant de fard que possible, j'en rajoutai encore un peu : mes yeux ronds s'arrondirent encore et mes cils s'allongèrent. Puis je recouvris le tout de mes grosses lunettes rondes.

Après avoir glissé un mouchoir dans mon sac – simple mesure de précaution –, je m'examinai dans la glace avec inquiétude. J'étais déterminée à projeter une image digne et assurée. Enfin, je descendis

12

l'escalier de ma maison pour prendre mes clés et mon plus beau manteau, avant de partir vaillamment me jeter dans la fosse aux lions que représentent les noces d'un ex-petit ami.

Arthur Smith et moi nous étions rencontrés au club des Amateurs de meurtres. L'un de nos membres avait été assassiné puis toute une série de meurtres s'était ensuivie et il avait prêté son assistance pour l'enquête. Après la résolution de ces affaires, j'étais sortie avec lui pendant des mois. Brûlante et passionnelle, notre relation avait constitué pour moi une expérience unique. Ensemble, nous crépitions littéralement d'une ardeur qui éclipsait nos personnages ordinaires – une bibliothécaire trentenaire et un policier divorcé.

Ensuite, aussi brusquement qu'il était né, le feu était retombé pour s'éteindre. De son côté de l'âtre en premier. J'avais finalement compris le message : « Je poursuis cette relation jusqu'à ce que je trouve un moyen de me défausser sans tapage. » Rassemblant tous mes efforts, je m'étais drapée dans ma dignité pour mettre fin à la relation moi-même – et sans tapage. Ce qui m'avait coûté toute mon énergie et ma volonté. J'avais pleuré dans mon oreiller pendant six mois environ.

Je commençais à me sentir mieux et n'étais pas même passée devant le poste de police depuis une semaine, lorsque j'aperçus l'annonce des fiançailles dans le *Sentinel*.

Un kaléidoscope de couleurs passa devant mes yeux : vert, pour la jalousie, rouge, pour la rage, et bleu pour le blues. Jamais je ne me marierais. Jusqu'à la fin de ma vie, je me contenterais d'aller aux cérémonies nuptiales des autres. J'allais m'arranger pour ne pas être en ville ce jour-là et ne pas être tentée d'emprunter le chemin de l'église.

Puis le faire-part arriva dans ma boîte aux lettres.

Lynn Liggett, fiancée et collègue d'Arthur, m'avait jeté son gant à la figure. C'est du moins ainsi que j'interprétai l'invitation.

Je relevai le défi. Je choisis une assiette impersonnelle et coûteuse dans la liste de mariage de Lynn et laissai ma carte dessus. À présent, armée de ma robe or et bleu et de ma coiffure extravagante, je me rendais à la fête.

Le placeur était un policier que je connaissais depuis l'époque où je sortais avec Arthur. Il me considéra en hésitant.

— Content de te voir, Roe. Tu es toute belle.

Raide et engoncé dans son smoking, il m'offrit poliment le bras.

— Amie de la mariée, ou du marié ? demanda-t-il comme il se doit.

Puis il rougit jusqu'aux oreilles.

— Disons, amie du marié, suggérai-je avec douceur.

Quelle maîtrise...

Je descendis l'allée au bras du pauvre lieutenant Henske, qui m'abandonna sans demander son reste devant une place vacante.

J'évitai soigneusement de regarder autour de moi, consacrant toute mon énergie à maintenir une façade sereine et détachée : comme si c'était par le plus grand des hasards que je m'étais habillée convenablement, que j'avais aperçu le faire-part alors que je sortais de chez moi, et que j'avais eu l'idée de faire une brève apparition à la cérémonie.

14

Je me permis de regarder Arthur à son entrée, car tout le monde en faisait autant. Ses boucles blond pâle étaient coupées court et de son regard bleu et franc émanait toujours autant de charme. Dans son smoking gris, il faisait très belle figure. Cette vision me fit légèrement moins mal que je ne l'aurais pensé.

Aux premières notes de la *Marche nuptiale*, toute l'assemblée se leva, anticipant l'arrivée de la mariée. Je serrai les dents en m'efforçant de sourire, mes lèvres figées dans un rictus, et me retournai avec raideur pour observer l'entrée de Lynn. Toute drapée de blanc, sa haute silhouette élancée progressait à pas lents. Sous son voile, ses cheveux raides et courts avaient été bouclés pour l'occasion. Lynn me dépassait en taille d'une bonne tête, détail qui l'avait autrefois contrariée, ce qui ne serait désormais plus le cas.

Au moment où elle passa devant moi, j'aperçus son profil et retins une exclamation étouffée. Lynn était manifestement enceinte.

Je ne sais trop comment expliquer la douleur qui me frappa. À l'époque où je fréquentais Arthur, jamais je n'avais désiré d'enfant. Si j'avais été confrontée à cette situation, je me serais effondrée. Néanmoins, j'avais souvent pensé à l'épouser et parfois à fonder une famille avec lui. Parmi les femmes de mon âge qui souhaitent se marier, la plupart d'entre elles réfléchissent un jour ou l'autre à la maternité. L'espace d'un instant donc, j'eus l'impression qu'on m'avait volé quelque chose.

Après la cérémonie, je pris soin d'échanger quelques paroles avec un certain nombre d'invités, m'assurant ainsi que ma présence serait rapportée aux heureux mariés. Puis je m'échappai avec soulagement : inutile de m'infliger la souffrance qu'engendrerait la réception. En fin de compte, ma venue relevait non pas de la vaillance ou de la bravoure, mais de la stupidité pure et simple.

L'enterrement vint en troisième, quelques jours après le mariage de ma mère. Pour un enterrement, il se passa plutôt bien. Même si nous étions au début du mois de juin, le jour des obsèques de Jane Engle était une journée tiède et sans pluie. Sans être bondée, la petite église épiscopale était assez remplie. L'enjeu de l'événement était plus social que sentimental. Jane était âgée et très malade – un fait qu'elle n'avait confié à personne. Les gens présents avaient fréquenté l'église avec Jane, ou se souvenaient d'elle en tant que bibliothécaire de l'école, mais elle n'avait aucune famille en dehors d'un cousin d'âge avancé, Parnell Engle, lui-même alité et dans l'impossibilité d'assister à la cérémonie. Avec éloquence, le pasteur Aubrey Scott, que je n'avais pas revu depuis le mariage de ma mère, évoqua la vie inoffensive de Jane ainsi que son charme et son intelligence. Cette dernière avait su également se montrer acerbe, un trait qu'il avait rangé dans la catégorie « pittoresque ». C'était un qualificatif que j'associais pourtant difficilement à Jane, avec ses sages cheveux argentés. Elle était restée vieille fille. Craignant désormais d'écoper du même sort, je me demandais combien de personnes viendraient à mes propres funérailles. Les visages autour de moi m'étaient plus ou moins familiers. LeMaster Cane, homme d'affaires afro-américain, était assis tout seul, vers le fond de l'église. Il était le seul ancien membre des Amateurs de meurtres

16

présent, en plus de moi. C'était au sein de ce club à présent dissous que j'avais rencontré Jane.

Plus tard, devant la tombe, je me plaçai à côté de LeMaster pour lui tenir compagnie. Je lui murmurai quelques mots, exprimant mon plaisir de le revoir et sa réponse me cloua proprement le bec.

— Jane était la seule Blanche qui m'ait jamais regardé comme si elle ne savait même pas de quelle couleur était ma peau.

C'était un aspect de Jane dont je n'avais pas eu conscience. Je compris pour la première fois à quel point elle allait me manquer.

Mon esprit s'évada vers sa petite maison proprette, encombrée des meubles de sa mère et de ses propres livres. Je me souvins qu'elle avait aimé les chats et me demandai si quelqu'un s'était chargé de Madeleine. Jane avait donné au félin roux et tigré le nom de Madeleine Smith, une empoisonneuse écossaise du XIXe siècle, l'une de ses tueuses préférées. Le mot « pittoresque » était finalement plus approprié pour Jane que je ne l'avais imaginé : peu de petites vieilles dames avaient un tueur préféré. J'étais sans doute « pittoresque » moi aussi...

Tout en cheminant à pas lents vers ma voiture, laissant Jane reposer à jamais dans le cimetière de Shady Rest[1], j'entendis quelqu'un m'appeler par mon nom.

— Mademoiselle Teagarden !

Essoufflé, un homme tentait de me rattraper. Je m'immobilisai, m'interrogeant sur ce qu'il pouvait bien me vouloir. Surmonté d'une chevelure châtain

---

1. Littéralement : « le repos ombragé ». (Toutes les notes sont du traducteur.)

clair qui se faisait rare, son visage rond et rougeaud ne m'était pas inconnu. Son nom m'échappait pourtant.

Il me serra la main tout en se présentant, avec un accent du Sud à couper au couteau. Je n'en avais pas entendu de pareil depuis bien longtemps.

— Bubba Sewell. J'étais l'avocat de Mlle Engle. Vous êtes bien Aurora Teagarden ?

— En effet. Pardon, j'étais simplement surprise.

Je venais de me souvenir que je l'avais aperçu à l'hôpital, pendant les derniers jours de Jane.

— Il est heureux que vous soyez venue aujourd'hui, me répondit-il.

Sa respiration s'était calmée, et je le voyais maintenant tel qu'il souhaitait certainement se montrer : un homme sophistiqué, dans un costume coûteux, mais avant tout, un homme avisé du Sud. Un bon gars de la région, qui avait fait des études. Ses petits yeux bruns m'étudiaient avec intelligence et curiosité. Il reprit en pesant soigneusement ses mots :

— Dans son testament, Mlle Engle a fait inclure une clause qui détient une certaine importance pour vous.

— Ah bon ?

Mes talons s'enfonçaient dans l'herbe trempée et je me demandais si j'allais devoir me déchausser pour les dégager. Chauffé par la moiteur de la journée, mon visage transpirait et mes lunettes glissèrent le long de mon nez. Je les repoussai du bout du doigt.

— Auriez-vous une minute ou deux pour passer maintenant à mon cabinet ?

Je consultai ma montre par réflexe.

18

— Oui, j'ai du temps, répondis-je après une pause délibérée.

Mon hésitation n'était que pur bluff, destiné à convaincre Me Sewell que je n'étais pas désœuvrée.

En réalité, je l'étais presque. En raison d'une nouvelle politique de réduction des coûts, une partie des effectifs de la bibliothèque avait dû se mettre à temps partiel, pour permettre à l'établissement de conserver ses horaires d'ouverture. Étant la dernière arrivée, j'étais la première à tomber sous le couperet. Je ne travaillais plus que dix-huit à vingt heures par semaine. Fort heureusement, je ne payais pas de loyer et bénéficiais d'un petit salaire en tant qu'intendante : je gérais pour ma mère un groupe de quatre maisons de ville qui lui appartenaient. Sans ces avantages, ma situation se serait avérée plus délicate.

Me Sewell me donna des indications si fournies sur l'itinéraire que je ne risquais pas de me perdre, même si je le désirais. Il insista en outre pour que je le suive. Tout au long du chemin, il actionna ses clignotants si longtemps à l'avance que je faillis prendre la mauvaise direction. Il m'adressait des signes de la main, montrant ensuite son rétroviseur du doigt et attendant que j'indique mon assentiment en hochant la tête. Je vivais à Lawrenceton depuis ma naissance et tout ce cinéma m'agaçait furieusement. Seule ma curiosité me poussait à continuer sans céder à la tentation sournoise qui menaçait de me submerger : percuter l'arrière de sa voiture, fondre en larmes, agiter mon mouchoir et me confondre en excuses.

— Vous voyez, ce n'était pas si difficile à trouver, m'affirma-t-il d'un ton encourageant.

Je venais de me garer dans le parking du Jasper Building, l'un des plus anciens bâtiments de notre ville et l'un de mes points de repères depuis l'enfance.

— Non, rétorquai-je, laconique et intérieurement exaspérée.

— Je suis au deuxième étage, m'annonça-t-il, pour m'éviter de me perdre en chemin.

Je me mordis la lèvre et l'accompagnai en silence, alors qu'il persévérait dans son bavardage anodin : qui était venu à l'enterrement, à quel point la disparition de Jane affecterait un nombre incalculable de personnes, la météo, et les raisons pour lesquelles il était si content d'avoir des bureaux dans le Jasper Building (« un bâtiment de caractère, tellement mieux que ces cubes préfabriqués »).

Arrivée à son cabinet, j'en étais à me demander comment Jane, qui n'avait pas eu sa langue dans sa poche, avait bien pu endurer ce personnage.

En constatant par la suite qu'il employait trois personnes dans ses petits bureaux, je compris qu'il devait être plus intelligent qu'il ne le semblait. D'autre part, j'apercevais çà et là d'autres signes révélateurs d'une prospérité indiscutable : des objets décoratifs haut de gamme, de magnifiques gravures accrochées aux murs, des fauteuils en cuir, et d'autres indices encore. Je m'occupai à étudier son propre bureau tandis qu'il transmettait de brèves consignes à l'assistante élégante qui lui servait de bouclier. La jeune femme aux cheveux roux, qui n'avait manifestement rien d'une idiote, le traitait avec une sorte de respect teinté d'amitié.

Une fois la porte refermée, il se tourna vers moi, arborant une expression joviale.

— Bien bien bien ! Passons à vous maintenant, mademoiselle Teagarden. Voyons voir, où est ce dossier ? Enfoui dans ce bazar, j'imagine, quelle calamité !

Il se mit à fouiller énergiquement parmi les papiers qui recouvraient sa table de travail. J'avais désormais compris l'imposture. Bubba Sewel trouvait utile de se donner des airs de professeur Nimbus un peu simplet, mais ce n'était qu'un mirage. Il n'avait rien d'un naïf.

— Ah le voici, il était là !

Il brandissait le dossier comme si j'avais pu mettre son existence en doute.

Je joignis mes mains et m'efforçai de ne pas soupirer. Je n'étais certes pas pressée. En revanche, je n'avais aucune envie de perdre mon temps et d'assister à ce one-man-show.

— Oh là là ! C'est vraiment formidable, que vous l'ayez retrouvé.

Les mains de Bubba Sewel se figèrent. Abandonnant sur-le-champ toute tentative de bonhomie, il me darda un regard acéré de dessous ses sourcils en broussaille.

— Mademoiselle Teagarden, Mlle Engle vous a tout laissé.

Cette phrase est l'une des plus fascinantes qui soient. Je refusai pourtant de permettre à ma mâchoire de tomber au sol. Mes mains s'agrippèrent l'une à l'autre dans un mouvement convulsif et je relâchai mon souffle.

— Tout ? C'est-à-dire ?

Il m'expliqua que « tout » signifiait la maison de Jane, son contenu, et celui de son compte bancaire, du moins en grande partie. Elle avait légué sa voiture et cinq mille dollars à son cousin Parnell et à son épouse, Leah, à condition qu'ils accueillent Madeleine chez eux et la prennent en charge. Ce qui me libérait car je n'avais jamais eu d'animal de compagnie et n'aurais pas su m'en occuper.

Totalement abasourdie, je ne savais ni que dire ni que faire. J'avais pleuré Jane dans une certaine mesure, lorsque j'avais appris qu'elle était décédée, et devant sa tombe également. D'ici à quelques minutes, je serai en proie à la jubilation la plus extrême, car les questions d'argent me souciaient ces temps-ci. Pour l'instant cependant, j'étais simplement éberluée.

— Mais pourquoi diable a-t-elle fait ça ? Vous le savez, vous ? demandai-je à l'avocat.

— Elle est venue pour rédiger son testament l'an dernier, au moment où il y avait tous ces problèmes, à votre club. Elle m'a dit que c'était pour elle la meilleure façon de s'assurer qu'une personne au moins ne l'oublierait pas. Elle ne voulait pas avoir son nom sur un bâtiment. Elle n'était pas non plus une… philanthrope. Elle n'appréciait guère la publicité ! Elle voulait laisser son argent à une vraie personne, pas à une cause. En outre, j'ai bien l'impression qu'elle ne s'est jamais très bien entendue avec Parnell et Leah. Vous les connaissez ?

Fait rare dans le Sud, je fréquente plusieurs églises – j'en change constamment. J'avais rencontré le cousin de Jane et sa femme à l'une d'entre elles, plutôt fondamentaliste si ma mémoire était bonne. Lorsqu'ils s'étaient présentés, je leur avais demandé s'ils avaient des liens de parenté avec Jane. Sans grand enthousiasme, Parnell avait confirmé qu'ils étaient cousins. Leah n'avait fait que me fixer en silence pendant toute la conversation.

— Je les ai croisés par hasard une fois.

— Ils sont âgés et n'ont jamais eu d'enfants, précisa Sewell. Jane estimait qu'ils ne lui survivraient pas longtemps et qu'ils laisseraient tout son argent à leur église, ce qu'elle refusait d'envisager. Elle a donc réfléchi énormément, et s'est décidée pour vous.

Pendant quelques instants, je réfléchis énormément, moi aussi. En relevant la tête, je vis que l'avocat me fixait intensément, et crus percevoir chez lui un soupçon de désapprobation détachée. Il devait penser que Jane aurait dû léguer son héritage à la recherche contre le cancer, à la SPA ou à un orphelinat.

— Combien y a-t-il, sur le compte ? demandai-je d'un ton efficace et professionnel.

— Sur le compte courant, environ trois mille. Les derniers relevés sont dans le dossier. Évidemment, il y aura encore quelques factures à payer pour le séjour de Jane à l'hôpital, mais c'est son assurance qui s'en chargera en grande partie.

Trois mille ! Quelle chance. J'allais pouvoir finir de payer ma voiture, ce qui améliorerait nettement mes fins de mois.

Puis une pensée me frappa.

— Vous avez dit « sur le compte courant ». Avait-elle un autre compte ?

— Ah ça, c'est certain ! s'exclama-t-il, de nouveau guilleret. Oui, m'dame ! Miss Jane avait un compte d'épargne auquel elle ne touchait que très rarement. J'ai pourtant essayé de la convaincre d'investir mais elle s'y refusait catégoriquement.

Il secouait la tête et se renversa sur sa chaise.

Pendant un instant d'égarement, j'eus envie qu'elle se renverse avec lui.

— Voudriez-vous, s'il vous plaît, m'informer du montant qui se trouve sur ce compte d'épargne ? lui intimai-je, les dents serrées.

Son visage s'éclaira soudain : j'avais enfin posé la bonne question. Il se catapulta vers l'avant, les ressorts de son siège protestant bruyamment, s'empara vivement du dossier et en extirpa un second relevé dans son enveloppe.

— Eh bien, fit-il en allongeant ses syllabes, tout en soufflant sur l'enveloppe pour sortir le papier qu'elle contenait. À la dernière date de relevé, ce compte présente un solde de, voyons… environ cinq cent cinquante mille dollars.

Tout bien considéré, cette année ne serait peut-être pas la pire de toute ma vie.

2

Comme sur un nuage, je sortis des bureaux de Bubba Sewel – en m'efforçant de dissimuler mon euphorie. Il m'accompagna à l'ascenseur avec un regard m'indiquant qu'il n'avait pas réussi à me cerner. Eh bien, c'était mutuel. À cet instant précis, je n'en avais que faire, non m'sieur, rien du tout.

— Elle a hérité cet argent de sa mère, m'expliqua Sewel. En grande partie du moins. De plus, Mlle Engle s'est séparée de la maison de celle-ci après le décès. Elle était énorme et s'est très bien vendue. Mlle Engle a partagé l'argent avec son frère. Puis ce dernier est mort, lui aussi, et lui a laissé sa part, pratiquement intacte, en plus de ses biens, qu'elle a également convertis en liquidités. Il était banquier à Atlanta.

J'avais de l'argent. Beaucoup d'argent.

— Je vous donne rendez-vous chez Jane demain. Nous passerons la maison en revue et je vous ferai signer quelques petites choses. Disons neuf heures trente ?

J'acquiesçai, les lèvres serrées pour ne pas lui sourire bêtement.

— Vous connaissez l'adresse ?

— Oui, soufflai-je.

Heureusement, l'ascenseur était arrivé et les portes s'ouvraient.

— Alors à demain matin, mademoiselle Teagarden, conclut l'avocat en repoussant ses montures noires sur son nez.

Il se détourna tandis que les portes se refermaient sur moi.

Estimant qu'un hurlement de joie sauvage s'envolerait avec indécence dans le conduit de l'ascenseur, qui ferait chambre d'écho, je me contentai d'une litanie extatique prononcée à mi-voix. Quelque chose qui ressemblait à cela :

— Hihihihihihiiii !

Et j'esquissai un ou deux pas de danse avant l'ouverture des portes sur le hall de réception en marbre.

Je parvins à rentrer chez moi sur Parson Road sans percuter qui que ce soit et me garai à ma place de parking tout en me demandant de quelle manière j'allais fêter l'événement. Les jeunes mariés qui avaient repris la maison de Robin, à gauche de la mienne, répondirent à mon salut enjoué d'un signe de main hésitant. L'emplacement des Crandall était vide, car ils étaient partis voir l'un de leurs fils mariés, dans une autre ville. La dame qui avait fini par louer la maison de Bankston Waites était au travail, comme toujours. Une voiture inconnue était rangée sur la seconde place dont je disposais. C'était sans doute un invité des autres locataires, un invité qui ne savait pas lire.

Très occupée à chantonner et tressauter joyeusement (on ne peut pas dire que je sois une bonne dan-
seuse), j'ouvris mon portail... pour tomber sur un
homme vêtu de noir qui collait un message sur ma
porte de derrière.

Je ne sais pas lequel des deux fut le plus surpris.

Il me fallut quelques secondes pour le reconnaître :
c'était le pasteur qui avait officié au mariage de ma
mère et à l'enterrement de Jane. J'avais échangé
quelques paroles avec lui à l'occasion de la réception
nuptiale mais pas ce matin, lors de la cérémonie
funèbre. Il devait mesurer environ un mètre quatre-
vingt-dix et n'avait pas encore atteint la quarantaine.
Ses cheveux sombres commençaient à grisonner, ce
qui s'accordait harmonieusement à la teinte de ses
yeux. Au-dessus d'un col clérical, il portait une jolie
moustache soignée.

Il se remit avec élégance du tableau surprenant
qu'avait formé mon entrée musicale.

— Mademoiselle Teagarden ! J'étais justement en
train de vous laisser un petit mot.

Son nom jaillit juste à temps dans ma cervelle.

— Père Scott ! Ravie de vous revoir.

— Vous semblez bien joyeuse, fit-il observer, son
sourire légèrement hésitant laissant paraître ses
dents magnifiques.

Il devait s'imaginer que j'avais bu.

— Eh bien, je suis venue à l'enterrement de Jane,
comme vous le savez, débutai-je.

Pour m'interrompre aussitôt en constatant que ses
sourcils indiquaient la surprise la plus totale. Je m'y
étais mal prise...

— Entrez donc, mon père. Ma bonne humeur semble déplacée, vues les circonstances. Je vais vous expliquer.

— Si vous avez le temps, je veux bien. Vous êtes sûre que je ne vous dérange pas ? Et je vous en prie, appelez-moi Aubrey.

— Non, je vous assure, c'est parfait. Et appelez-moi Aurora. Ou encore mieux : Roe. La plupart des gens m'appellent Roe.

En réalité, j'aurais préféré avoir un peu de solitude pour m'habituer au concept de la richesse. Il serait néanmoins amusant de tout raconter à quelqu'un. Je m'efforçai de me souvenir de l'état de ma maison. Présentable ou non ?

— Allez, entrez. Je vais préparer du café.

J'éclatai de rire à nouveau.

Il devait vraiment me prendre pour une folle. Mais le sort en était jeté, il ne pouvait plus échapper à l'invitation.

J'ouvris la porte en grand, sans cesser de babiller (ouf, ma cuisine et mon séjour étaient finalement présentables).

— Je ne vous ai pas vu depuis le mariage de ma mère.

— John est un homme formidable et un pilier de notre congrégation, précisa-t-il. Est-ce que les mariés sont toujours en lune de miel ?

Ma petite taille le forçait à baisser la tête pour me regarder. Pourquoi n'avais-je jamais affaire à des hommes de stature plus raisonnable ? J'étais certainement condamnée à me tordre le cou ma vie durant.

— En effet. Ils s'amusent tellement qu'à mon avis ils vont prolonger leur séjour. Ma mère n'avait pas

28

pris de vacances depuis au moins six ans. Vous savez qu'elle tient un cabinet immobilier, j'imagine.

— C'est ce que John m'a expliqué, répondit poliment Aubrey Scott.

Il se tenait toujours debout dans l'entrée.

— Aïe ! Quelle hôtesse lamentable ! Venez donc vous asseoir !

Jetant mon sac sur le comptoir de la cuisine, je lui indiquai le canapé couleur fauve et son fauteuil assorti, côté salon.

Le fauteuil était très clairement le mien : une lampe liseuse en laiton était placée derrière son dossier et sur une petite tablette disposée à son accoudoir s'étalaient mon livre du moment, un mug maculé de café et quelques magazines.

Aubrey prit la sage décision de s'asseoir dans le canapé.

Je me perchai en face de lui, juste au bord de mon siège préféré.

— Il faut absolument que je vous raconte pourquoi je suis dans cet état aujourd'hui. En principe, je ne suis pas du tout comme ça.

Ce qui, malheureusement, était la plus stricte vérité.

— Il se trouve que Jane Engle m'a laissé un paquet d'argent. C'est sans doute cupide de ma part, mais je peux vous dire que je suis vraiment aux anges.

— C'est parfaitement normal, vous n'avez rien à vous reprocher, fit-il d'un ton sincère.

S'il y a une chose que les pasteurs sont doués pour projeter, c'est bien la sincérité et je l'ai souvent constaté.

— Si quelqu'un m'avait légué une fortune, moi aussi, je sauterais partout, poursuivit-il. Je ne me doutais absolument pas que Jane était... enfin, qu'elle avait de quoi laisser un héritage.

— Eh bien, moi non plus. Elle n'a jamais vécu comme si c'était le cas. Voulez-vous boire quelque chose ? Un café ? Un verre ?

Puisqu'il était épiscopalien, j'estimais que je pouvais lui proposer de l'alcool. S'il avait été fondamentaliste, comme le pasteur de Parnell et Leah Engle, la question m'aurait valu un sermon bien senti...

— Si vous voulez dire un verre de boisson alcoolisée, je ne dis pas non. Il est plus de cinq heures, et les enterrements m'épuisent toujours. Que me proposez-vous ? Un whisky ? Auriez-vous du Seagram's, par hasard ?

— Il se trouve que oui. Et si je vous faisais un petit Seven and Seven ?

— Formidable.

Je mélangeai donc du Seagram's Seven avec du 7UP avant d'ajouter des glaçons, et parvins même à dénicher des serviettes de cocktail et des cacahuètes. Je fus soudain frappée par le caractère incongru de la visite du pasteur. Il eut été impoli de ma part de lui demander directement ce qu'il faisait là, mais ma curiosité était piquée. Il finirait bien par me le dire. La plupart des pasteurs et prédicateurs de Lawrenceton avaient tenté de me ramener dans leurs filets à un moment ou un autre.

J'avais trop chaud et j'aurais bien aimé monter dans ma chambre pour retirer ma robe noire et adopter une tenue moins formelle. J'étais certaine toutefois qu'il s'enfuirait à toutes jambes si j'annonçais que j'allais enfiler quelque chose de plus confortable...

30

La boue du cimetière avait cependant crotté mes escarpins et je me déchaussai avant de m'asseoir.

— Alors, parlez-moi de cet héritage, suggéra-t-il après un petit silence presque gêné.

La première excitation était passée. Pourtant, tandis que j'évoquais mon amitié avec Jane Engle ainsi que ma rencontre avec Bubba Sewell après la cérémonie, l'euphorie me gagna de nouveau.

— C'est à peine croyable, murmura-t-il. C'est une véritable bénédiction.

— C'est bien ce que je pense !

— Alors que vous n'étiez pas particulièrement proches, c'est bien ça ?

— Tout à fait. Nous étions amies, mais il pouvait se passer un mois entier sans qu'on se voie. Et sans que cela nous perturbe.

— J'imagine que vous n'avez pas encore eu le temps de réfléchir à ce que vous alliez faire de cet héritage imprévu.

— C'est un fait.

Et s'il me suggérait une noble cause, je lui en voudrais énormément. J'avais simplement envie d'être l'heureuse propriétaire d'une petite maison et d'une belle fortune (belle selon mes propres critères, du moins). Au moins pendant quelque temps.

— Je suis content pour vous.

Il y eut un nouveau silence embarrassé.

— Je n'ai pas vu votre petit mot, finalement... Puis-je vous aider en quoi que ce soit ?

Je tentai de me composer une expression attentive et intelligente.

Mal à l'aise, il laissa échapper un petit rire.

— Eh bien... En fait, je... C'est affreux, je me conduis comme un adolescent. Je... voulais vous inviter à dîner. Si vous acceptez de sortir avec moi.

— Sortir avec vous, répétai-je d'une voix blanche.

Je m'aperçus immédiatement que ma réaction ébahie lui faisait de la peine et je repris rapidement.

— Non ! Ce n'est pas que ce soit bizarre. C'est juste que je ne m'y attendais pas.

— Parce que je suis pasteur.

— Euh... Oui.

Il soupira et ouvrit la bouche d'un air résigné mais je l'interrompis en agitant les mains.

— Non, non ! Je ne sais pas si c'était votre intention, mais ne vous lancez pas dans un discours du genre « je suis un être humain comme les autres ». Je me suis vraiment montrée maladroite. Bien sûr que j'accepte !

Je m'y sentais désormais obligée...

— Alors vous n'êtes pas engagée dans une autre relation en ce moment ? demanda-t-il d'un ton prudent.

Je me demandais s'il portait son col blanc pour ses rendez-vous amoureux.

— Non, pas depuis un certain temps. D'ailleurs, je suis allée au mariage de ma dernière « relation » il y a quelques mois.

Le visage d'Aubrey Scott s'illumina soudain d'un sourire et ses beaux yeux gris se plissèrent. J'en aurais mangé.

— Qu'est-ce qui vous ferait plaisir ? Un cinéma ?

Je n'étais sortie avec personne depuis ma rupture avec Arthur. Tout me semblait parfait.

— Bonne idée.

— Nous pourrions aller à la première séance et dîner ensuite ?

— Excellente idée. Quand ?

— Demain soir ?

— Entendu. Au Triplex, la première séance commence en principe à dix-sept heures. Qu'est-ce que vous avez envie de voir ?

— On pourrait décider sur place.

Il était fort possible qu'aucun des trois films ne me plaise, mais il y avait quand même une chance que l'un d'entre eux soit acceptable.

— Bien. Mais si vous m'invitez à dîner, laissez-moi payer pour le cinéma.

Il me dévisagea d'un air dubitatif.

— Je suis plutôt traditionnel, comme garçon, mais si c'est ce que vous souhaitez, allons-y. Ce sera une nouvelle expérience pour moi.

Il considérait clairement cette concession comme un véritable acte de bravoure de sa part.

Après son départ, je terminai mon verre avec lenteur. Je me demandais si les règles qui s'appliquaient aux relations avec des hommes normaux étaient les mêmes, lorsqu'on sortait avec un pasteur... Je me réprimandai à cette pensée : un pasteur était bien un homme normal. Simplement, il avait une relation professionnelle avec Dieu. Pourquoi devrais-je me conduire différemment avec Aubrey Scott ? Si mes pensées et ma façon d'être signifiaient que je devais constamment censurer ma conversation avec lui, j'avais certainement grand besoin de cette aventure pour revenir dans le droit chemin. Peut-être que ce serait comme de sortir avec un psychiatre, par exemple : une femme s'inquiète tout le temps de ce qu'il peut voir en elle. Eh bien, voilà qui constituerait une nouvelle expérience pour moi également.

Quelle journée ! Je montai dans ma chambre en secouant la tête. Le matin même, j'étais une bibliothécaire délaissée, anxieuse et sans le sou. Voilà que j'étais devenu une héritière riche, assurée et désirable.

J'avais une folle envie de partager l'événement. Mais Amina était retournée à Houston et s'affairait à préparer son mariage, ma mère était toujours en lune de miel (bon sang que j'aurais du plaisir à tout lui raconter !), ma collègue Lillian Schmidt trouverait le moyen de me faire culpabiliser et ma presque copine Sally Allison voudrait faire paraître la nouvelle dans son journal.

J'aurais vraiment voulu en parler à Robin Crusoe, mon ami écrivain, mais il habitait désormais à Atlanta : il avait estimé que les trajets entre Lawrenceton et l'université où il donnait ses cours devenaient trop difficiles pour lui. C'était du moins la raison qu'il m'avait donnée. Je ne voulais pas lui téléphoner : son visage était l'un de mes préférés et si je ne pouvais pas le voir en personne, ça n'en valait pas le coup.

Tant pis. Certaines célébrations étaient sans doute de nature à s'effectuer en privé. Il eut été déplacé d'en faire une montagne de toute façon, car Jane avait dû mourir pour que cela ait lieu. Je retirai enfin ma robe noire et enfilai un peignoir, avant de redescendre pour regarder un vieux film et manger la moitié d'un sachet de bretzels, suivi de la moitié d'un pot de glace au chocolat.

Une riche héritière peut tout se permettre.

Le lendemain matin, alors que je m'installai devant mon café, il pleuvait. C'était une courte averse d'été

34

qui nous amènerait un après-midi chaud et humide. Les coups de tonnerre étourdissants s'abattaient toutefois avec violence et me faisaient sursauter. Au moment où je récupérai mon journal (presque sec) sur le seuil peu fréquenté de ma porte de devant, côté Parson Street, l'orage commençait déjà à s'atténuer. Je pris ma douche et m'habillai pour aller à mon rendez-vous avec Bubba Sewell et lorsque je redescendis, le soleil pointait son nez. Une brume montait des flaques sur le parking derrière le patio. Je regardai CNN pendant un moment – une héritière doit se tenir au courant –, apportai nerveusement les dernières touches à mon maquillage, mangeai une banane et passai un coup d'éponge dans la cuisine... Enfin, l'heure était venue de partir.

Je me demandais bien pourquoi je me sentais si euphorique : je n'allais pas trouver là-bas un tas de pièces d'or au milieu du tapis. Sewell m'avait expliqué que je devrais attendre environ deux mois avant de pouvoir dépenser mon argent. De plus, je connaissais déjà la petite maison de Jane et elle n'avait rien d'extraordinaire.

Pourtant, j'en étais à présent propriétaire. Rien d'aussi conséquent ne m'avait jamais appartenu.

Et grâce à cela, je pourrais même m'affranchir de ma dépendance financière vis-à-vis de ma mère.

Je m'étais réveillé plusieurs fois durant la nuit en me demandant ce que je ressentirais en allant habiter dans la maison de Jane. Ma maison. Ou si je la vendrais après validation du testament, afin d'acheter ailleurs.

En démarrant ma voiture, ma tête bouillonnait de toutes les possibilités qui s'offraient à moi. Tout à la fois heureuse et terrifiée, j'avais l'impression d'embarquer pour un tour en montagnes russes.

La maison de Jane se situait au cœur de l'un des vieux quartiers résidentiels, dans une impasse du nom de Honor Street. C'était la deuxième propriété sur la droite. Les habitations ici étaient de proportions modestes, avec deux ou trois chambres, et de grands arbres aux pieds cernés de massifs fleuris dominaient la plupart des petits jardins méticuleusement entretenus. Celui de Jane était à moitié envahi de chênes verts, qui dispensaient de l'ombre sur le bow-window de la salle de séjour. L'allée y pénétrait par la gauche et menait à un abri à voiture attenant à la maison. La structure comportait une porte dans le fond qui m'indiquait qu'elle devait abriter également un débarras. La cuisine ouvrait d'ailleurs sur l'abri. En tant que visiteur, on pouvait se garer dans l'allée et emprunter le chemin courbe qui menait à la porte d'entrée. Comme toutes les autres sur cette rue, la maison était peinte en blanc et des buissons d'azalées l'encadraient de tous côtés. Au printemps, le spectacle devait être ravissant.

En sortant de ma voiture, je remarquai que les soucis que Jane avait installés au pied de sa boîte aux lettres étaient morts de soif. Ce petit détail me frappa de plein fouet. Les mains qui avaient planté ces fleurs jaunes et fanées se trouvaient désormais six pieds sous terre, figées pour l'éternité.

J'étais arrivée un peu en avance et je pris tout mon temps pour étudier mon nouveau voisinage. La demeure au coin de la rue, à droite de celle de Jane, était ornée de grands rosiers grimpants qui escaladaient sa véranda. Celle de gauche avait été agrandie

36

à de nombreuses reprises et les lignes d'origine avaient disparu : on y avait ajouté des murs de briques ; le garage, sur lequel on avait construit un appartement, était relié à la maison par une promenade couverte ; une terrasse en bois, un genre de solarium, avait été bâtie à l'arrière... Le résultat n'était pas particulièrement heureux. Puis venait la dernière maison de ce côté-ci de l'impasse. Je me souvins qu'un ancien prétendant de ma mère, le rédacteur en chef Macon Turner, vivait là. Sur la maison qui se dressait en face de celle de Jane, un joli petit bijou aux volets jaune canari, on avait placardé une affiche annonçant qu'elle venait d'être vendue. De ce côté-là de l'impasse, la maison qui occupait le coin avait été louée pendant un temps par Melanie Clark, un autre membre du club des Amateurs de meurtres. Les jouets abandonnés sur l'allée montraient la présence d'enfants parmi ses nouveaux locataires. L'une des maisons occupait deux terrains et l'ensemble était assez délabré, avec un seul arbre imposant qui surplombait le grand jardin. Rien ne bronchait sur la façade, dont on avait baissé les stores jaunis. Une rampe d'accès pour fauteuil roulant y avait été construite.

Par ce matin d'été, tout était calme et paisible. Mais derrière les habitations du côté de Jane s'étendait le parking d'un collège. Une grande palissade préservait son jardin des détritus en tout genre qu'on aurait pu y jeter, tout en empêchant les collégiens de l'utiliser comme raccourci. À présent désert, l'endroit devait s'avérer plus bruyant au cours de l'année scolaire. De temps à autre, une femme qui jardinait au coin de la

37

rue démarrait sa tondeuse et ce son réconfortant, qui symbolisait pour moi l'été, me détendit.

Vous avez tout organisé, Jane, pensai-je. Vous aviez l'intention de me faire entrer dans votre maison. Vous me connaissiez, et vous m'avez choisie délibérément.

À cet instant, la BMW de Bubba Sewell se rangea au bord du trottoir. Je respirai profondément et m'avançai vers lui.

Il me tendit les clés. Ma main se referma sur le trousseau. Le moment me sembla aussi solennel qu'une investiture.

— Vous avez tout à fait le droit de faire ce que vous voulez dans cette maison dès maintenant – la débarrasser, la préparer pour la vendre ou quoi que ce soit d'autre. Elle vous appartient et personne ne peut dire le contraire. J'ai indiqué que quiconque ayant des prétentions à l'héritage devait se faire connaître, et pour l'instant, personne ne s'est présenté. Mais il ne faut rien dépenser, me sermonna-t-il en agitant un doigt réprobateur. Je suis l'exécuteur testamentaire et c'est moi qui règle les factures. Je continuerai à le faire jusqu'à ce que la succession soit validée.

Je me retrouvais dans le même état psychologique qu'un enfant de six ans à une semaine de son anniversaire.

Il me désigna les clés une par une.

— Celle-ci ouvre le verrou de la porte d'entrée. Celle-ci, c'est pour la seconde serrure de la même porte. La petite, c'est celle du coffre de Jane à l'Eastern National. Il contient simplement quelques bijoux et des papiers, rien de plus.

Je jouai de mes clés et une seconde plus tard, nous nous tenions dans l'encadrement de la porte.

— Merde, prononça Bubba.

Incongru, chez un avocat en plein exercice de ses fonctions.

Les coussins des fauteuils étaient éparpillés dans toute la pièce. Depuis l'entrée, j'apercevais du désordre aussi dans la cuisine.

Quelqu'un était entré par effraction.

La fenêtre de la chambre qui donnait sur l'arrière de la maison avait été fracturée. Décorée d'un papier peint sobre au motif floral, la petite pièce auparavant impeccable contenait deux sages lits jumeaux recouverts de jetés de lits blancs. Je n'aurais aucun mal à ramasser le verre sur le beau plancher et me mis en quête d'un balai et d'une pelle, que je trouvai par terre dans la cuisine.

La voix très surprise de Sewell s'éleva.

— J'ai l'impression que rien ne manque, mais je vais appeler la police quand même. C'est classique : ils lisent les nécrologies et ensuite ils viennent cambrioler les maisons vides.

Je me tenais debout, avec ma pelle pleine d'éclats de verre dans les mains.

— Alors pourquoi n'ont-ils rien pris ?

Sewell m'étudia d'un air pensif tout en frottant ses lunettes avec un mouchoir d'une blancheur immaculée.

— Vous avez peut-être de la chance, tout simplement. Ou alors, les gamins étaient si jeunes qu'il leur a suffi de s'introduire ici pour avoir leur dose de frissons. Ils ont même pu avoir peur avant d'en avoir terminé. Comment savoir…

— J'ai quelques questions à vous poser.

Je m'assis sur l'un des deux lits et il s'installa sur l'autre. À cause du carreau brisé et des rideaux trempés par l'orage, l'atmosphère de la chambre n'avait rien d'intime. Je posai la pelle par terre et appuyai le balai contre mon genou.

— Que s'est-il passé ici après la mort de Jane ? Qui est venu dans la maison ? Qui a les clés ?

— Jane est décédée à l'hôpital. Au début, elle pensait avoir une chance de revenir chez elle. Elle m'a demandé de trouver quelqu'un pour venir faire le ménage, s'occuper des poubelles, vider le frigo et tout le reste. Le voisin de Jane, Torrance Rideout – vous le connaissez peut-être – a proposé de s'occuper de sa pelouse pour elle. C'est lui qui a la clé du débarras. Vous voyez, la porte sur le fond de l'abri ?

J'acquiesçai en silence et il reprit son discours.

— Torrance n'avait aucune autre clé. Quelques jours plus tard, Jane a appris… qu'elle ne reviendrait pas.

— Je suis allée la voir et elle n'a rien dit, murmurai-je.

— Elle n'aimait pas en parler. Elle me disait qu'il n'y avait rien à dire. Je crois qu'elle avait raison. Quoi qu'il en soit, je n'ai pas coupé l'électricité et le gaz – au fait, le chauffage se fait au gaz, mais tout le reste est électrique. Quand je suis venu ici, j'ai tout débranché, sauf le congélateur, qui contient de la nourriture. Il se trouve dans le débarras. J'ai interrompu la livraison des journaux et j'ai fait garder le courrier de Jane à la poste. Je le prenais en même temps que le mien, parce que j'ai une boîte postale, et je le lui apportais.

40

Sewell s'était occupé de tout pour Jane. Profession-nalisme d'un avocat vis-à-vis d'une bonne cliente, ou dévotion d'un ami proche ?

Il continua d'un ton énergique.

— Les frais de fonctionnement seront déduits de la succession. J'espère que vous êtes d'accord. Ce ne sera qu'une petite somme car nous avons tout fait pour la réduire au minimum. Vous savez, quand on éteint complètement le chauffage ou la climatisation, la maison se détériore presque tout de suite. En plus, au début, il y avait un petit espoir que Jane revienne.

— Bien sûr que je réglerai la note, ça ne m'embête pas. Est-ce que Parnell et Leah ont une clé ?

— Non. Pour Jane, il n'en était pas question. Parnell est venu me voir en proposant de trier les affaires et les vêtements de Jane et de les emballer, mais naturellement, j'ai refusé.

— Ah bon ?

— Tout est à vous, m'expliqua-t-il avec simplicité. Tout ce qu'il y a dans cette maison, absolument tout vous appartient.

Sa façon d'insister me sembla étrange. Était-ce sim-plement le fruit de mon imagination ?

— Parnell et Leah sont au courant, pour leurs cinq mille dollars, et Jane a personnellement donné les clés de sa voiture à son cousin deux jours avant sa mort. Elle lui a donné l'autorisation de venir la pren-dre ici. En dehors de cela, tout ce qui se trouve dans cette maison, sans exception aucune, vous appar-tient. Et c'est à vous d'en faire ce que vous estimez juste.

Je plissai les yeux. Que me disait-il là, sans vraiment le dire ?

Quelque part, dans cette maison, se cachait un problème, tapi dans l'ombre. En me léguant cet héritage, apparemment, Jane ne m'avait pas fait qu'une faveur.

Après avoir appelé la police au sujet de l'effraction, puis le vitrier pour faire remplacer le carreau, Bubba Sewell prit congé.

— À mon avis, la police ne viendra pas, puisqu'il ne manque rien. Je passerai tout de même au poste avant d'aller au bureau, précisa-t-il en se dirigeant vers la porte.

J'étais soulagée de l'entendre car je n'avais pas très envie d'y aller moi-même – j'appréhendais le regard des collègues d'Arthur.

— Inutile de rallumer la clim avant que la vitre soit remplacée, ajouta-t-il. Vous trouverez le thermostat dans le couloir.

Il se montrait bien parcimonieux, avec mon argent... Maintenant que j'étais riche, si j'avais envie de jouer les dépensières idiotes, je pouvais tout à fait ouvrir fenêtres et portes en grand et régler le thermostat au maximum.

— Si vous avez le moindre problème, s'il y a quoi que ce soit qui vous semble impossible à gérer, appelez-moi.

Il avait répété ce conseil à plusieurs reprises, de manières différentes au cours de la journée.

Il avait également émis une autre remarque – une seule et unique fois :

— Miss Jane avait une très haute opinion de vous. Elle disait que vous étiez capable de prendre n'importe quel problème à bras-le-corps et de le résoudre.

42

Message reçu. Angoissée, je n'attendais qu'une chose : le départ de Sewell. Une fois la porte enfin refermée derrière lui, je m'agenouillai sur le siège ménagé dans l'embrasure du bow-window pour observer sa voiture à travers les lattes du store. Ensuite, certaine qu'il était vraiment parti, je relevai tous les stores afin d'éclairer mon nouveau territoire. Le séjour était la seule pièce dont le sol était recouvert de moquette. Et Jane n'y était pas allée de main morte : la moquette courait jusqu'au banc sous la fenêtre et le recouvrait entièrement. Elle avait disposé là des coussins brodés main et je trouvais l'ensemble particulièrement réussi. La couleur que Jane avait choisie pour le sol était un vieux rose, assorti d'un motif bleu très fin. Son canapé et ses fauteuils reprenaient le même ton de bleu tandis que les abat-jour étaient dans des teintes de rose ou de blanc. En face du fauteuil préféré de Jane se trouvait une petite télévision couleur. La table ancienne placée juste à côté de ce fauteuil portait encore une pile de magazines. C'était un étrange assortiment de publications, qui reflétait bien la personnalité de Jane : *Southern Living*[1], *Mystery Scene*[2], *Lear's*[3] et enfin un feuillet de son église.

Contre les murs de la pièce s'appuyaient des étagères qui croulaient sous les livres. J'en eus soudain l'eau à la bouche. Car Jane et moi avions partagé la même passion, celle des livres et des énigmes. Et

---

1. *Southern Living* est un magazine américain centré sur l'art de vivre dans les États du Sud.
2. *Mystery Scene* est un magazine américain spécialisé dans le crime.
3. *Lear's* était un magazine féminin américain destiné aux femmes de plus de trente-cinq ans.

par-dessus tout, celle des enquêtes criminelles tirées de faits réels. J'avais toujours envié à Jane sa collection de recueils.

Dans le fond se trouvaient une table et des chaises de salle à manger absolument magnifiques. Il me semblait que Jane les tenait de sa mère. Je ne m'y connaissais pas en antiquités, un domaine dont je me désintéressais totalement. Étant donné la splendeur de ces meubles, dont les surfaces cirées luisaient malgré la fine couche de poussière, j'allais devoir m'y intéresser de plus près.

Je repoussai le canapé contre le mur (pourquoi diable déplacer un canapé lorsqu'on cambriole une maison ?) et remis ses coussins en place. Aucun des livres n'était tombé à terre et je rétablis l'ordre de la pièce en quelques instants.

Je n'étais pas encore prête à voir la chambre de Jane – elle pouvait bien attendre. Je pénétrai ensuite dans la cuisine.

De là, on apercevait le jardin de derrière, avec une toute petite table et deux chaises installées juste devant le rebord de la grande fenêtre. C'était là que je prenais le café avec Jane si elle ne m'invitait pas dans le salon.

Ici aussi, je discernais une certaine incohérence dans le désordre. Peu profonds, les placards du haut étaient restés intacts. Le contenu de ceux du bas, qui s'avançaient plus loin dans la pièce, avait été sorti. On n'avait vidé aucun paquet, et rien n'avait été vandalisé. J'avais presque l'impression que c'étaient les éléments eux-mêmes, plus qu'un butin potentiel, qui avaient retenu l'attention du cambrioleur. Et c'était sur celui des balais qu'il s'était concentré : j'allumai

44

pour examiner de plus près le mur au fond du meuble. Il était couvert de... traces de coups de couteau. C'était bien cela, j'en étais certaine.

Je m'accroupis pour ramasser les casseroles et les poêles, afin de les aligner de nouveau sur les étagères, et tentai de comprendre ces traces. Le cambrioleur avait dû vouloir vérifier s'il y avait là une fausse paroi. C'était la seule explication. D'autre part, on n'avait vidé que les plus gros éléments de cuisine, et on n'avait déplacé que les gros meubles du salon.

Conclusion : il cherchait quelque chose d'assez gros. Bon, bien sûr, « il » pouvait être « elle ». Mais je n'allais pas m'embêter avec ce type de détail pour l'instant. « Il » conviendrait parfaitement.

Quel objet de belle taille, dissimulé par Jane Engle dans sa propre maison, aurait pu attirer ainsi la convoitise ? Impossible à déterminer pour l'instant. Je n'avais pas assez d'éléments. J'avais toutefois la nette impression que je n'allais pas tarder à en savoir plus.

Après avoir fini de ranger la cuisine, je retournai à la chambre d'amis. Les deux chevets avaient été ouverts et vidés méthodiquement. Là encore, rien n'avait été abîmé. Jane avait stocké ses bagages dans un placard et les valises les plus grosses avaient été ouvertes. Elles contenaient des vêtements d'hiver, des boîtes de photos et de souvenirs, une machine à coudre portable, deux coffrets de décorations de Noël... Plus tard, je devrais les trier et prendre des décisions. Pour l'instant, je me contentai de les remettre sommairement en place. Tout en accrochant un gros manteau, je remarquai que la paroi du fond avait eu droit au même traitement que celle du placard à balais.

L'échelle menant aux combles se dépliait dans un petit corridor. Les portes des chambres se situaient à chaque bout du couloir et celle de la salle de bains au milieu. Une grande ouverture en arche donnait du couloir sur le séjour. Je me rendis compte que cette maison était plus petite que la mienne. Si j'emménageais ici, j'aurais moins d'espace. Mais plus d'indépendance.

Il allait faire chaud, sous le toit. La chaleur serait insupportable dès l'après-midi. Je saisis le cordon et tirai dessus pour déployer les marches. D'aspect plutôt frêle, elles ne m'inspiraient pas confiance…

À Jane non plus apparemment : il n'y avait là-haut guère que de la poussière et des matériaux d'isolation. Déplacés, car le visiteur inconnu y était passé. Il avait aussi déployé un rouleau de restes de moquette et à moitié sorti les tiroirs d'une vieille commode. Je refermai la trappe avec soulagement et descendis me laver le visage et les mains dans la salle de bains. Celle-ci était de belles proportions. La partie basse de la lingère était assez grande pour contenir un panier à linge sale. Là encore, même punition.

Il tentait de trouver la cachette de quelque chose qu'on pouvait mettre dans un tiroir profond, mais pas derrière des livres. Dans une grande casserole, mais pas entre des draps et des serviettes… Je me mis un instant à la place de Jane. Une valise pleine d'argent ? Une boîte de documents… qui révéleraient un terrible secret ? Je regardai le linge de maison soigneusement plié de Jane sans vraiment le voir. Pourtant, je devrais m'estimer heureuse que les piles n'aient pas été saccagées. Une partie de mon cerveau nota que Jane avait été la championne des plieuses : jamais je

46

ne pourrais obtenir le même résultat avec mes serviettes. Elle avait même repassé ses draps. Je n'avais rien vu de tel depuis mon enfance.

Bien. Ce ne pouvait être ni de l'argent ni des documents. Car ils auraient été rangés dans des endroits que le visiteur avait ignorés.

La sonnette retentit soudain et me fit sursauter violemment.

Ce n'étaient que les vitriers, un couple marié qu'il m'arrivait d'appeler pour les maisons de ma mère. Ils admirent ma présence à cette adresse sans broncher et la femme, en constatant les dégâts, fit remarquer qu'il y avait beaucoup de cambriolages, ces temps-ci, alors qu'à son époque, « quand elle était gamine », c'était un événement rare.

— C'est tous ces gens d'Atlanta, affirma-t-elle avec sérieux, levant ses sourcils généreusement maquillés.

— Ah bon ? répondis-je, pour prouver ma bonne volonté.

— Ah, c'est certain, ma belle, je vous assure. Ils viennent ici pour échapper à la grande ville, mais ils en apportent tous les problèmes avec eux.

Lawrenceton avait accueilli avec plaisir les revenus générés par la population qui travaillait à Atlanta et s'était installée en banlieue. Les êtres humains eux-mêmes, toutefois, n'avaient pas bénéficié de la même bienveillance.

Tandis que le couple veillait à retirer les restes de verre brisé et à remplacer le carreau, je pénétrai dans la chambre de devant, celle de Jane. Sans savoir pourquoi, je me sentais rassurée par la présence des vitriers et j'avais moins le sentiment d'être une intruse. Je ne suis pas superstitieuse – du moins pas

47

consciemment. Il me semblait pourtant que la présence de Jane était encore très forte dans sa chambre à coucher.

C'était une très belle pièce, meublée d'un lit *queen size* à colonnes, avec un chevet, une commode imposante et une coiffeuse dotée d'un grand miroir. Le spectacle m'était devenu familier : les battants de l'armoire intégrée étaient ouverts. Tout le contenu de la penderie ainsi que des étagères en avait été sommairement retiré, chaussures et sac à main compris.

Il n'y a rien de plus déprimant que les vieilles chaussures de quelqu'un, surtout dans ces circonstances. Jane n'avait jamais aimé dépenser son argent pour des vêtements ou des accessoires personnels. Elle n'avait jamais rien porté qui me reste en mémoire. Ni rien de flambant neuf, d'ailleurs. Ses chaussures ordinaires étaient usées. Il me semblait que Jane n'avait pas profité de son argent. Elle avait vécu chichement dans sa petite maison, et ses livres avaient représenté sa seule et unique dépense extravagante. Pourtant, je l'avais toujours trouvée sereine et heureuse de son sort. Elle avait travaillé jusqu'à sa retraite, puis elle était revenue à la bibliothèque pour faire des remplacements.

Soudain, la mélancolie me submergea et je me secouai avec énergie.

J'allais revenir avec de grands cartons, emballer tous les vêtements de Jane et les emporter à une association caritative. Jane était un peu plus grande et lourde que moi et rien de ce qu'elle avait porté ne m'irait. J'empilai le tout sur le lit – inutile de les ranger puisque je n'en voulais pas. Puis je consacrai quelques minutes à tapoter et appuyer sur les parois.

48

J'en conclus que ce n'était qu'un placard ordinaire et je renonçai. En m'asseyant sur le lit, je pensai soudain à tout ce qui m'appartenait désormais : casseroles et poêles, serviettes et draps, magazines et livres, nécessaires de couture et décorations de Noël, épingles et filets à cheveux, mouchoirs... J'en étais responsable. Rien que d'y penser, je me sentais épuisée. J'écoutai distraitement les voix du couple au travail dans la chambre du fond. Ils vivaient ensemble et travaillaient de même. J'aurais pensé qu'ils n'aient plus rien à se dire. Mais si. De temps à autre, l'un d'entre eux prononçait quelques paroles et leur dialogue calme et sporadique me berçait...

Je devais aller au travail de 13 heures à 16 heures. J'aurais juste le temps de rentrer et de me préparer pour mon rendez-vous avec Aubrey Scott... Allais-je me doucher avant d'aller au cinéma ? Après la poussière du grenier, c'était préférable, d'autant qu'il faisait très chaud, ce jour-là. Des cartons... où pourrais-je en trouver ? Il m'en fallait des solides. Derrière le supermarché ? Le caviste avait de beaux cartons, mais ils seraient trop petits. À quoi ressembleraient les étagères à livres de Jane à côté des miennes ? Et si j'apportais mes livres ici ? Je pourrais transformer la chambre d'amis, dont je n'avais plus vraiment besoin puisque Phillip vivait désormais en Californie. J'en ferais un bureau.

La voix de la moitié masculine de l'équipe m'interrompit soudain.

— On a fini, mademoiselle Teagarden.

Je me secouai pour dissiper la langueur qui m'avait envahie peu à peu.

— Envoyez la facture à Bubba Sewell, au Jasper Building. Je vais vous donner l'adresse.

J'arrachai une feuille à un carnet que Jane avait laissé à côté du téléphone. Le téléphone ! La ligne était-elle toujours en service ? Après le départ des vitriers, je décrochai et découvris qu'elle avait été coupée. Devrais-je réactiver l'abonnement ? Sous quel nom ? Serait-il judicieux d'avoir deux numéros à mon nom, un ici et un chez moi ?

Toute cette histoire d'héritage m'exaspéra soudain. J'en avais eu assez pour la journée et je décidai de m'en aller. Au moment où je verrouillai la porte, j'entendis des pas dans l'herbe sèche et me retournai. Venu de la maison voisine, un homme d'environ quarante-cinq ans au torse puissant marchait à ma rencontre.

— Bonjour, me salua-t-il immédiatement pour me rassurer. J'imagine que vous êtes notre nouvelle voisine.

— Vous devez être Torrance Rideout. Merci d'avoir pris soin de la pelouse.

— C'est à ce sujet que je venais vous voir, en fait.

De près, on voyait que Torrance Rideout avait été beau. Il n'avait d'ailleurs pas perdu tout son charme. Sa barbe naissante était si drue qu'il devait sans doute se raser deux fois par jour. Sa chevelure d'un marron terne, à peine veinée de gris, surmontait un visage hâlé, taillé à coups de serpe, et un regard brun cerné de ridules causées par le soleil. Il portait un polo vert et un short bleu marine.

— Le décès de Jane, ça nous a fait beaucoup de peine, à ma femme, Marcia, et moi. C'était une très bonne voisine. On est vraiment désolés.

50

Il ne m'appartenait pas vraiment de recevoir des condoléances. Je n'allais pourtant pas leur expliquer que j'avais hérité de la maison de Jane non pas parce que nous étions les meilleures amies du monde, mais tout simplement parce que Jane voulait que quelqu'un se souvienne d'elle pendant longtemps. Je me contentai donc de hocher la tête en espérant que cela suffirait.

Mon interlocuteur sembla s'en satisfaire.

— Bon, ces temps-ci, c'est moi qui ai tondu la pelouse et je me demandais si vous vouliez que je continue encore une semaine, jusqu'à ce que vous trouviez votre propre jardinier. Ça ne m'ennuierait pas du tout.

— Vous vous êtes déjà donné tellement de mal...

— Aucun souci, je vous assure. Je l'ai dit, à Jane, quand elle est partie pour l'hôpital. Je lui ai dit de ne pas s'inquiéter et que je m'occupais du jardin. J'ai une tondeuse autoportée et il me suffit de faire un tour ici quand je tonds chez moi. Le parcours est assez facile, car elle n'a que deux plates-bandes. J'ai quand même sorti la petite tondeuse de Jane pour accéder aux endroits difficiles. Mais ce que je voulais vous dire, surtout, c'est que quelqu'un a creusé à droite à gauche, dans le jardin de derrière.

Pendant que nous parlions, nous avions gagné ma voiture et je venais de sortir mes clés. Incrédule, je me figeai, la main sur la poignée de la portière.

— On a fait des trous dans le jardin ?

En y réfléchissant de plus près, ce n'était peut-être pas si étonnant. Bon, d'accord : quelque chose qu'on pouvait cacher dans une maison, mais aussi dans un trou au fond du jardin.

— J'ai tout remblayé, poursuivit Torrance. Et Marcia garde l'œil ouvert, parce qu'elle reste à la maison dans la journée.

Je lui fis part de la visite d'un cambrioleur et il exprima l'étonnement et l'indignation qu'on pouvait attendre en faisant ce type d'annonce. Il précisa qu'il n'avait pas vu le carreau cassé la dernière fois qu'il avait tondu le jardin de derrière, c'est-à-dire deux jours plus tôt.

— Je vous remercie du fond du cœur, vous en avez tellement fait !

— Mais pas du tout, protesta-t-il instantanément. On se demandait si vous alliez mettre la maison en vente ou si vous alliez emménager ici. Jane était notre voisine depuis si longtemps qu'on est un peu inquiets à l'idée de devoir s'habituer à quelqu'un d'autre.

— Je n'ai pas encore décidé, déclarai-je sans plus d'explication.

Il marqua une pause avant d'insister.

— C'est-à-dire qu'on loue le studio au-dessus du garage, depuis assez longtemps. Alors que dans le quartier, on n'est pas forcément censés le faire. Jane, ça ne l'a jamais gênée. Et notre voisin de l'autre côté – vous le connaissez peut-être, c'est Macon Turner, le rédacteur en chef du journal –, lui non plus, ça ne l'embête pas. Mais si on a des nouveaux, enfin, on ne sait pas si…

— Je vous ferai part de ma décision dès que je l'aurai prise, affirmai-je en étouffant mon irritation.

— Bon. Eh bien, merci, c'est gentil. Si jamais vous avez besoin de quoi que ce soit, vous n'avez qu'à nous demander. Moi, je fais beaucoup de déplacements, en semaine – je vends des fournitures de bureau, c'est incroyable, non ? –, mais je suis là tous les week-ends et l'après-midi aussi, parfois. Et puis Marcia, comme je le disais, elle reste à la maison et ça lui ferait plaisir de vous aider.

— Je vous remercie. On se reparle bientôt, d'accord ? Et merci pour tout ce que vous avez fait dans le jardin.

Je réussis enfin à prendre congé. En chemin, je m'arrêtai au Burger King pour déjeuner, regrettant de ne pas avoir pris l'un des livres de Jane pour le lire pendant que je mangeais. J'avais cependant largement de quoi occuper mon esprit : les placards vidés, les trous dans le jardin, et enfin le sous-entendu exprimé par Bubba, sur le fait que Jane m'avait laissé un problème à résoudre. Sans oublier la tâche énorme qui consistait à vider la maison de tout ce dont je ne voulais pas, et enfin la décision sur ce que je ferais de la propriété. Du moins toutes ces pensées me changeaient-elles de celles que j'avais ressassées auparavant, en tant qu'amoureuse délaissée et jalouse de la grossesse de Lynn. Il était bien plus agréable d'avoir le pouvoir de prendre des décisions que de devoir subir celles des autres.

Je bloquai fermement la route à la mélancolie et me levai pour sortir du restaurant, après avoir jeté mon gobelet et mes papiers gras d'un geste énergique. Objectifs : aller au travail, rentrer à la maison, sortir dîner avec un homme, et demain matin me lever tôt pour trouver les cartons.

Mes plans ne fonctionnent que très rarement jusqu'au bout. J'aurais dû m'en souvenir.

3

Il ne se passa rien de remarquable, cet après-midi-là. Je me tins au comptoir de prêt pendant trois heures, à faire la conversation avec les clients. Pour la plupart, je les connaissais depuis toujours. J'aurais ensoleillé leur journée en leur racontant, ainsi qu'à mes collègues, tout ce qui venait de m'arriver. Mais cela me semblait presque indécent. Si ma fortune m'avait été transmise à la suite du décès de ma mère, les choses auraient été plus faciles à comprendre. L'héritage que m'avait laissé Jane commençait presque à me causer plus d'anxiété que de plaisir (presque). L'histoire était inexplicable. À tel point que je me sentais comme gênée à l'idée d'en parler alors que tout le monde allait l'apprendre tôt ou tard. Il était encore plus bizarre de ma part de ne pas en parler tout de suite. Les autres bibliothécaires parlaient de Jane de toute façon. En plus d'effectuer des remplacements chez nous depuis sa retraite du corps enseignant, elle avait été l'une de nos meilleures clientes pendant des années, car elle lisait énormément. J'avais aperçu plusieurs de mes collègues à l'enterrement, d'ailleurs.

Pourtant, je ne trouvais aucun moyen naturel de mentionner l'héritage au cours d'une conversation. Je voyais déjà d'ici les sourcils se lever et les regards s'échanger dès que j'aurais le dos tourné. Je n'avais pas encore eu le temps de saisir à quel point Jane m'avait facilité la vie. De même, je commençais tout juste à comprendre dans quelle mesure elle l'avait compliquée.

En fin de compte, je décidai de me taire pour l'instant et de me préparer à ce que les commérages jetteraient en travers de mon chemin.

Lillian Schmidt faillit faire vaciller ma résolution lorsqu'elle fit remarquer qu'elle avait vu l'avocat Bubba Sewell m'aborder au cimetière.

— Qu'est-ce qu'il voulait ? me demanda-t-elle, très directe.

Elle tira sur le devant de son chemisier pour tenter de dissimuler le fait qu'il la boudinait.

Je me contentai de sourire.

— Ah ! C'est vrai qu'il est célibataire, du moins maintenant. Mais il a déjà été marié deux fois, tu sais, m'annonça-t-elle en se rengorgeant.

Ce qui redonna immédiatement du fil à retordre à ses boutons, pourtant déjà bien mis à mal.

— Pas possible… Mais à qui donc ?

Voilà qui allait la détourner de ma conversation avec le juriste.

— La première fois, à Carey Osland. Je ne sais pas si tu la connais. Elle habite juste à côté de chez Jane. Tu te souviens ce qui est arrivé à Carey, plus tard, avec son second mari ? Mike Osland ? Celui qui est

56

sorti acheter des couches, après la naissance de la petite, et qui n'est jamais revenu ? Carey a lancé des recherches dans toute la région. Elle n'arrivait pas à croire qu'il la quitterait sans prévenir. Mais c'est bien ce qu'il a fait.

— Et avant Mike Osland, Carey avait épousé Bubba Sewell alors ?

— Ah, euh, oui. Oui, ils sont restés ensemble pendant quelques mois. Ils n'ont pas eu d'enfant. Et puis au bout d'un an, Bubba s'est marié avec une fille d'Atlanta. Son père était un grand avocat, et tout le monde a pensé que ce serait bien pour sa carrière.

Lillian ne s'était pas donné la peine de se souvenir de son nom, car la fille n'était pas de Lawrenceton et la relation n'avait pas duré.

— Mais ça, ça n'a pas marché. Elle le trompait.

J'émis quelques vagues paroles de compassion pour l'encourager à poursuivre.

— Et après ça – j'espère que vous les aimerez, Mme Darwell, passez une bonne journée –, il a commencé à fréquenter ton amie, Lizanne Buckley.

— Il sort avec Lizanne ? répétai-je, surprise. Je ne l'ai pas vue depuis quelque temps. J'envoie mon règlement par courrier au lieu de l'apporter, comme avant.

Réceptionniste chez notre fournisseur d'électricité, Lizanne était une femme très belle. Plaisante et un peu lente, mais d'une constance sans faille, elle me faisait penser à du miel, qui poursuit inexorablement son chemin sur une crêpe beurrée. Ses parents étaient morts un an plus tôt et, pendant un temps, une ride avait barré son front parfait, tandis que des larmes perlaient sur les joues qui lui conféraient un teint nacré de magnolia. Petit à petit, la routine inébranlable de Lizanne avait intégré cette rupture tragique et elle s'était forcée à oublier l'horreur qui l'avait causée. Elle avait vendu la maison de ses parents et s'en était racheté une en tous points semblable. Puis elle avait repris son parcours de briseuse de cœurs. Pour avoir osé tenter l'aventure avec Lizanne l'inaccessible, Bubba Sewell devait avoir en lui une sacrée dose d'optimisme et vouer un véritable culte à l'esthétique parfaite. Je n'avais pourtant rien décelé de tout cela.

— Alors peut-être que Lizanne et lui ont rompu, et qu'il veut sortir avec toi ?

Lillian retrouvait coûte que coûte le chemin vers sa préoccupation première...

J'avais cependant déjà préparé une réponse qui ferait diversion.

— Pas du tout. Ce soir, je sors avec Aubrey Scott. Le pasteur épiscopal. Nous nous sommes rencontrés au mariage de ma mère.

Objectif atteint. Ravie de détenir l'exclusivité sur ce renseignement capital, Lillian fut de belle humeur tout l'après-midi.

Avant de fréquenter leur pasteur, je ne m'étais pas douté qu'il se trouvait autant d'épiscopaliens à Lawrenceton.

Tandis que nous patientions dans la file d'attente, au cinéma, je rencontrai au moins une demi-douzaine de membres de la congrégation d'Aubrey. Je m'efforçai de projeter une aura de femme droite et respectable, tout en me désolant que mes boucles indomptables aient refusé de coopérer. Elles me tenaient chaud et virevoltaient tout autour de moi comme un nuage. Pour la

58

centième fois, j'envisageai de les couper. Je tirai un peu de réconfort du fait que mon pantalon bleu marine et mon chemisier jaune vif étaient neufs et chics. Ma chaîne et mes boucles d'oreilles en or, tout à fait ordinaires, convenaient parfaitement à l'occasion. Fort heureusement pour moi, Aubrey était en civil, ce qui contribuait énormément à me détendre. En jean et en chemise, je le trouvais terriblement attirant et le cheminement de mes pensées n'avait plus rien de séculier...

Nous avions choisi une comédie et, fait encourageant, je remarquai pendant le film que nous riions tous deux aux mêmes moments. Notre compatibilité se prolongea tout au long du dîner. L'évocation des noces de ma mère amena Aubrey à me raconter des anecdotes désastreuses survenues lors d'occasions similaires.

— Et le jour de mon propre mariage, la demoiselle d'honneur a vomi partout, conclut-il.

— Vous avez été marié ?

Quelle réplique brillante. J'étais toutefois certaine qu'il avait fait exprès d'aborder le sujet. Je ne faisais que l'aider.

— Je suis veuf. Elle est morte d'un cancer il y a trois ans, me dit-il avec simplicité.

Interdite, je fixai mon assiette.

— Je ne sors pas très souvent avec des femmes. J'ai l'impression d'être plutôt... maladroit.

— Pour l'instant, vous vous débrouillez plutôt bien, le rassurai-je.

Il m'adressa un sourire au charme indubitable avant de poursuivre.

— D'après ce que me racontent les adolescents dans ma congrégation, les débuts de relations hommes-femmes ont bien changé en vingt ans. Et je ne veux pas que… Je voulais simplement mettre les choses au clair. Vous semblez un peu angoissée de sortir avec un pasteur.

— Euh… oui.

— Bon. Alors je ne suis pas parfait, et je n'attends pas la perfection chez vous. Tout le monde a des attitudes et des opinions qui ne sont pas forcément défendables, sur le plan spirituel. On fait tous de notre mieux, et il nous faudra toute notre vie pour y arriver. Ça, c'est ce que je crois. D'autre part, je ne suis pas favorable au sexe avant le mariage. J'attends que quelque chose me fasse changer d'avis là-dessus mais pour l'instant, ce n'est pas arrivé. C'est ça, que vous vouliez savoir ?

— C'est exactement cela, à peu de chose près.

À ma surprise, je ressentis un soulagement intense de savoir qu'Aubrey ne tenterait pas de m'emmener au lit. Lorsque je sortais dîner pour la première fois avec un homme, j'étais toujours angoissée à l'idée de ce qui se passerait lorsqu'il me raccompagnerait chez moi. En outre, je sortais d'une relation passionnelle avec Arthur et je me sentais extrêmement vulnérable. Rassurée par le fait que je ne devrais prendre aucune décision pour l'instant, je me détendis, le cœur maintenant plus léger. Aubrey ne prononça pas un mot de plus au sujet de son épouse et je savais que je n'en parlerais plus non plus.

Je découvris, lorsque Aubrey me ramena jusqu'à ma porte, que ses principes sur le sexe prénuptial ne s'étendaient pas à la pratique du baiser…

60

— Peut-être qu'on pourrait se revoir ?

— Appelez-moi, lui répondis-je avec un sourire.

— Merci, pour cette soirée.

— Non, c'est moi qui vous remercie.

En me préparant pour la nuit un peu plus tard, je songeai de nouveau à la bienveillance mutuelle qui s'était dégagée de nos adieux. J'appréhendais moins la journée du lendemain. Je ne travaillais pas et je pourrais aller chez Jane. Ou plutôt chez moi. Je n'avais pas encore intégré mon statut de propriétaire.

Cette pensée me poussa à réfléchir au cambriolage, aux trous dans le jardin, que je n'avais pas encore vus d'ailleurs, et enfin à l'objet de ces recherches si étranges. L'objet devait être trop gros pour tenir dans le coffre de banque que Bubba Sewell avait mentionné. D'autant qu'il m'avait dit qu'il n'y avait pas grand-chose dedans. Ce qui signifiait qu'il avait déjà vu ce qu'il contenait.

Je m'endormis en cogitant : quelque chose qu'on ne pouvait pas couper, quelque chose qu'on ne pouvait pas aplatir…

En me réveillant au matin, je savais où se trouvait le mystérieux objet. Les cartons attendraient.

J'avais l'impression d'être en mission secrète. J'enfilai un jean et un tee-shirt à la va-vite, me précipitai sur du pain grillé, et inspectai le contenu de mon tiroir à outils. Je n'étais pas vraiment certaine de ce qu'il me faudrait. Il était probable que je retrouve les mêmes outils chez Jane, mais je n'avais pas envie de perdre du temps à fouiller partout. Je me décidai pour un marteau arrache-clou et deux tournevis, ainsi, après réflexion, qu'un couteau à mastic assez large. Je fourrai le tout dans mon sac, même le marteau. Son manche dépassait un peu mais je pensais qu'il ne se remarquerait pas trop. Je ne pris pas la peine de me maquiller et me brossai les dents en toute hâte.

Il était à peine 8 heures lorsque j'atteignis Honor Street et m'engageai dans l'allée. Je rangeai la voiture directement sous l'abri et pénétrai dans la maison silencieuse par la cuisine. À l'intérieur, l'air était étouffant. Je repérai le thermostat dans le petit couloir et déclenchai la climatisation centrale. Avec un bourdonnement, la machine se mit en marche. Je parcourus les pièces d'un pas rapide. Apparemment, rien n'avait bougé pendant la nuit. Je transpirais légèrement et mes cheveux collaient à mon visage. Je dénichai un élastique pour les attacher dans mon dos. Puis, après avoir respiré profondément, je redressai mes épaules et me dirigeai dans la salle de séjour d'un pas énergique. Je relevai les stores du bow-window pour éclairer le siège, sortis mes outils et me mis au travail.

La chose mystérieuse se trouvait forcément là.

Jane avait fait recouvrir le siège de moquette, pour qu'on ne puisse pas le considérer comme un coffre, mais plutôt comme une banquette. Le tapissier avait fait du bon travail et j'eus énormément de mal à soulever la moquette. J'aperçus Torrance Rideout sortir sa voiture, lancer un regard de mon côté et s'en aller au travail. Un peu plus tard, une jolie femme rondouillette promena un teckel en surpoids dans l'impasse et je constatai, indignée, qu'elle lui permit de se soulager sur ma pelouse. Son visage me disait quelque chose... Tout en tirant sur le tapis rose au délicat motif bleu, je la reconnus soudain. C'était

Carey Osland, autrefois mariée à Bubba Sewell, et aussi à Mike Osland, l'homme sans cœur qui avait décampé discrètement. Elle habitait probablement la maison du coin, celle avec les grands rosiers grimpants sur la véranda.

Je poursuivis mes efforts, tout en essayant de ne pas spéculer inutilement sur ce que le siège pourrait contenir. Enfin, la moquette libérée me laissa suffisamment de prise pour que je puisse tirer dessus à deux mains.

C'était bien un siège, avec un couvercle amovible monté sur une charnière.

Pourquoi n'en retirais-je aucun sentiment de victoire ?

Quoiqu'il se trouve ici, la chose était mon problème personnel et Bubba Sewell me l'avait bien fait comprendre.

J'inspirai à fond, soulevai le couvercle et découvris l'intérieur. Les rayons du soleil plongeaient dedans, illuminant le contenu de la lueur douce et matinale. Au fond de l'espace se trouvait une taie d'oreiller jaunie, qui contenait quelque chose de rond.

Je tendis la main pour saisir le coin de la taie et tenter de la tirer doucement sans déranger son contenu. En vain. Je tirai d'un seul coup et la chose s'en échappa pour rouler de côté.

Un crâne me souriait de toutes ses dents.

— Oh mon Dieu !

Je refermai le couvercle à toute volée et m'assis dessus, le visage dans mes mains tremblantes. À la seconde suivante, j'étais prise de frénésie : je descendis tous les stores et basculai les lattes pour les fermer, avant d'aller vérifier que le verrou de la porte était bien enclenché. La salle de séjour était maintenant plongée dans l'obscurité, et j'allumai la suspension.

J'ouvris à nouveau le siège, priant pour que son contenu se soit miraculeusement volatilisé. Mais non. Le rictus d'abruti n'avait pas bougé.

La sonnette retentit à cet instant précis.

Je sursautai violemment en poussant un ridicule petit cri de souris.

Paralysée l'espace d'une seconde, je jetai l'instant d'après les outils dans la banquette avec la chose, rabattis le panneau et tirai la moquette pour recouvrir le tout. Je n'avais pas travaillé comme une professionnelle : elle ne se remettait pas très bien en place. Mais je fis du mieux que je pouvais pour l'aplatir et empilai les coussins sur les bords afin de dissimuler les dégâts. Elle avait malgré tout tendance à s'affaisser. Je saisis des livres dans les étagères et les empilai sous la fenêtre. Cette fois-ci, le résultat fut satisfaisant. C'était bien mieux. On sonna de nouveau. Je me concentrai un instant pour me composer un visage accueillant.

Carey Osland, teckel en moins, m'adressa un sourire amical dès que je lui ouvris. Sa chevelure châtaine était parsemée de fils argentés mais le temps avait épargné son joli visage rond. Elle portait une robe qui tenait presque du peignoir et des chaussures bateau éraflées.

— Bonjour ma voisine ! me salua-t-elle gaiement. C'est vous, Aurora Teagarden, je suppose ?

— C'est cela même, répondis-je en faisant un effort immense pour paraître naturelle et détendue.

— Moi, c'est Carey Osland et j'habite dans la maison avec les roses, au coin de la rue là-bas, fit-elle en m'indiquant l'endroit.

— On s'est déjà rencontrées, Carey. Je crois que c'était à un enterrement de vie de jeune fille.

— Ah, mais oui ! Il y a longtemps. C'était celui de qui ?

— Entre donc. Ce n'était pas celui d'Amina ? Quand elle s'est enfuie pour se marier ?

— C'est sûrement ça. À l'époque, je travaillais à la boutique de sa mère et c'est pour cela qu'elle m'avait invitée. Maintenant, je travaille pour Marcus Hatfield.

À Lawrenceton, Marcus Hatfield était l'équivalent de Lord & Taylor[1].

— C'est pour ça que je ne ressemble à rien, là, poursuivit Carey sans se départir de son sourire. J'en ai tellement assez d'être bien habillée.

— Tes ongles sont magnifiques, lui dis-je d'un ton admiratif.

Je suis toujours impressionnée de voir des ongles longs dont le vernis n'est pas écaillé. J'avoue également que mon subit intérêt faisait partie de ma stratégie pour ne pas penser au siège, ni même jeter un regard dans sa direction. D'un geste, j'invitai Carey à s'installer dans le canapé tandis que je prenais le fauteuil – elle était obligée de se tourner à moitié pour me parler, se détournant ainsi du bow-window.

— Oh, ce ne sont pas des vrais, tu sais ! Je n'ai jamais pu avoir de beaux ongles – je les casse tout le temps. Bon... Jane et toi, vous deviez être très proches, non ?

Je fus prise de court par le brusque changement de sujet et la curiosité bien naturelle de Carey.

---

1. Lord & Taylor est une chaîne de grands magasins haut de gamme, la plus ancienne des États-Unis.

Décidément, mes voisins ne rentraient pas dans la catégorie habituelle des citadins indifférents et réservés.

Ma réponse allait lui clouer le bec, j'en étais sûre.

— Eh bien, en effet, elle m'a laissé sa maison…

Je ne m'étais pas trompée : saisie, elle fut incapable de trouver le moyen de m'interroger sur la nature exacte de notre relation.

Et justement, moi aussi, je commençais à me poser des questions. Étant donné le léger petit problème que Jane m'avait également légué.

Carey se reprit avec brio et lança une contre-attaque, sans plus de subtilité.

— Alors, tu as l'intention de t'installer ici ?

— Je ne sais pas.

Je n'en ajoutai pas plus. J'aimais bien Carey Osland, mais j'avais besoin de me retrouver seule avec le… la chose dans le siège.

Carey respira profondément.

— Bon, eh bien, il va falloir que j'aille me préparer pour aller au travail.

— Merci d'être passée, lui répondis-je avec autant de sincérité que possible. On se reverra dès que j'aurai pris mes marques.

— Comme je te l'ai dit, je suis juste à côté. Alors si tu as besoin de quoi que ce soit, tu passes me voir. Ma petite fille est en camp pour la semaine alors je suis toute seule.

— C'est vraiment gentil à toi. Je viendrai sûrement !

Je projetai autant de bienveillance et de chaleur que possible pour adoucir ce que Carey avait fort bien compris : je n'avais aucune envie de prolonger la conversation et je voulais me retrouver seule.

Après avoir refermé la porte sur elle et tourné la clé, je poussai d'ailleurs un soupir de soulagement si énorme qu'elle dût l'entendre.

Je me laissai tomber dans le fauteuil et enfouis mon visage dans mes mains. Il me fallait à tout prix mobiliser mes cellules grises…

La douce et fragile Jane Engle aux cheveux argentés, bibliothécaire d'école et bonne paroissienne, avait assassiné quelqu'un et placé son crâne dans la banquette sous la fenêtre. Puis elle avait fait recouvrir le tout de moquette pour que personne ne pense à y chercher quoi que ce soit. On ne pouvait nier que le tapis soit en excellent état. Il n'était pourtant pas neuf. Jane avait donc vécu pendant un certain nombre d'années avec un crâne caché dans son salon.

Ce fait à lui seul me posait problème. J'allais devoir m'habituer à l'idée.

Je ferais mieux d'appeler la police. Ma main se porta vers le combiné avant de retomber : la ligne n'était pas encore en service. Mais surtout, je devais beaucoup à Jane. Vraiment beaucoup.

Elle m'avait laissé la maison, l'argent et le crâne.

Je ne pouvais pas saisir le bras de la justice et exposer Jane en tant que meurtrière aux yeux de tous. Et c'était là-dessus qu'elle avait compté.

Incapable de me soustraire à son pouvoir d'attraction, je me dirigeai vers le siège et l'ouvris.

— Mais tu es qui, toi ? demandai-je au crâne.

Surmontant mon dégoût à grand-peine, je le soulevai de mes deux mains. Il n'était pas blanc comme les ossements dans les films, mais plutôt brunâtre. Je ne savais pas s'il s'agissait d'un homme ou d'une femme, mais la cause du décès me semblait évidente : l'arrière du crâne avait été défoncé et comportait un trou aux contours déchiquetés.

Comment la vieille dame avait-elle pu asséner un coup pareil ? Qui était donc la victime ? Un visiteur, qui serait tombé en arrière et dont la tête aurait heurté quelque chose ? Jane aurait eu peur qu'on l'accuse d'avoir tué cette personne... Lectrice enthousiaste de romans policiers, ce scénario familier me semblait réconfortant. Je repensai à *Arsenic et vieilles dentelles*. S'agissait-il d'un vagabond ? D'un homme seul et sans famille ? Mais dans la petite ville de Lawrenceton, tout le monde l'aurait su, si quelqu'un avait disparu. Dans mes souvenirs, du moins, aucune disparition n'avait été signalée depuis des années.

En tout cas, pas depuis que le mari de Carey Osland était parti acheter des couches et n'était pas revenu.

Je faillis laisser tomber le crâne. Nom de Zeus !

Mike Osland ?

Je posai le crâne sur la table basse de Jane avec précaution, comme si je risquais de lui faire du mal. Que faire de cette chose ? Je ne pouvais pas la remettre dans sa cachette, maintenant que j'avais décollé la moquette. Jamais je ne pourrais la remettre en place correctement et quelqu'un pourrait le remarquer. La maison ayant été cambriolée, je me demandais si je pourrais exploiter l'un des endroits que le visiteur avait fouillés.

De cette interrogation jaillit une foule de questions nouvelles. L'intrus était-il à la recherche du crâne, justement ? Si Jane avait tué quelqu'un, comment se faisait-il que quelqu'un d'autre soit au courant ? Pourquoi venir fouiller maintenant ? Pourquoi ne pas tout simplement aller trouver la police, et déclarer

« Jane Engle a caché un crâne dans sa maison, j'en ai la certitude » ? Ce serait une réaction logique. Pour quelle raison cette personne ne l'avait-elle pas fait ?

À la bibliothèque, on me posait moins de questions en un mois entier, et il m'était bien plus facile d'y répondre. Le cas « pourriez-vous me recommander un bon thriller pour ma mère – sans trop de, vous savez, de sexe, quoi… » me posait beaucoup moins de problèmes que la devinette « à qui appartient ce crâne installé sur ma table basse ? ».

Stop. Première chose, cacher le crâne. J'avais le sentiment qu'il serait plus prudent de le sortir de la maison. Notons qu'il s'agissait d'une vague impulsion et non d'une conclusion raisonnée.

Je débusquai dans la cuisine un sac en papier du supermarché Kroger pour y glisser la chose. Deux sacs me feraient moins remarquer qu'un seul aussi j'en pris un second, dans lequel je mis une boîte de café. Après avoir de nouveau arrangé le coin fenêtre du mieux que je le pouvais, je consultai ma montre. Il était 10 heures et Carey Osland devait se trouver au travail. J'avais vu Torrance Rideout quitter les lieux, mais d'après ce qu'il m'avait dit la veille, sa femme passait le plus clair de son temps à la maison.

Je risquai un œil entre les lattes d'un store. Tout comme la veille, rien ne bougeait dans la maison opposée à celle de Torrance Rideout. En face de celle de Carey Osland, deux petits enfants jouaient dans le jardin, du côté de Faith Street, à bonne distance de moi. J'avais donc le champ libre. Sauf qu'à ce moment-là un camion de déménagement se rangea devant chez moi, de l'autre côté de la rue.

— Et flûte. J'avais bien besoin de ça, marmonnai-je.

Malgré tout, le camion serait certainement plus intéressant à regarder que moi, pour quiconque surveillait la rue. Avant de pouvoir changer d'avis, j'attrapai mon sac à main ainsi que les deux sacs en papier et sortis par la porte de la cuisine pour gagner ma voiture.

— Aurora ? s'écria une voix incrédule.

Écrasée par la sensation que l'univers entier me voulait du mal, je me tournai vers le couple qui descendait du camion : mon ex, le lieutenant Arthur Smith, de la brigade des flagrants délits, accompagné de son épouse, le lieutenant Lynn Liggett, de la criminelle.

Ils emménageaient en face.

4

Jusque-là bizarre autant qu'étrange, ma journée devenait maintenant surréaliste. Je me dirigeai comme un automate vers les deux policiers, mon sac à main sur l'épaule, un sac chargé de café dans une main, et un second, contenant un crâne défoncé, dans l'autre. Mes paumes se mirent à transpirer. Je m'attachai à fixer une expression agréable sur mon visage, sans savoir dans quelle mesure je réussissais.

La prochaine chose qu'ils vont me demander, la prochaine chose, ce sera : « Mais qu'est-ce qu'il y a dans ton sac ? »

J'étais tellement inquiète au sujet du crâne que je ne me souciais ni de ma situation personnelle embarrassante, ni de me retrouver en face de Mme Smith et de sa grossesse avancée. J'étais malgré tout affreusement consciente du fait que je n'étais pas maquillée et que mes cheveux étaient attachés avec un simple élastique en caoutchouc.

Le rouge monta aux joues d'Arthur, comme chaque fois qu'il était gêné, ou en colère, ou qu'il – ah non, pas de ça ! En tout cas, Arthur était un vrai dur qui n'était que rarement décontenancé. Et à cet instant précis, il l'était, sans doute aucun.

— Tu es ici en visite ? demanda Lynn, pleine d'espoir.

— Jane Engle est décédée, expliquai-je. Arthur, tu te souviens de Jane ?

Il acquiesça.

— L'experte sur l'affaire Madeleine Smith.

— Jane m'a légué sa maison.

Une partie puérile de mon cerveau me poussait à ajouter : « Et puis plein, plein d'argent aussi ! » Plus mature, ma conscience apposa son veto : je transportais un crâne dans un sac en papier et je n'avais aucune envie de prolonger la conversation. Et surtout, il n'était pas question d'utiliser l'argent pour me venger du fait que Lynn avait gagné le cœur d'Arthur. La section la plus émancipée de mon cerveau m'indiquait qu'une femme mariée n'était en rien supérieure à une femme célibataire. Particulièrement primaire, mon cœur, lui, savait bien que Lynn et moi ne serions jamais quittes tant que je ne serais pas mariée, moi aussi.

Journée très légèrement décousue, chez Roe Teagarden...

Le désarroi le plus total se peignit sur le visage du couple Smith. C'était assez compréhensible. Ils emménageaient dans la petite maison de leurs rêves, avec un bébé en route – très en route –, et voilà que l'ex-petite amie faisait son apparition juste en face.

— Je ne sais pas encore si je vais vivre ici ou non, précisai-je pour couper court à toute question. Mais je vais passer ici assez souvent pendant une ou deux semaines, histoire de régler tout ça.

« Régler tout ça »… Était-ce seulement possible ?

Lynn poussa un soupir. Je levai les yeux vers elle et me rendis compte brusquement que son apparence avait changé : ses cheveux courts et bruns avaient perdu leur lustre et son teint, loin de rayonner comme c'était le cas pour certaines femmes, était brouillé. Cependant, lorsqu'elle dirigea son regard vers sa nouvelle demeure, elle affichait une expression de bonheur.

— Comment te sens-tu ? demandai-je poliment.

— Plutôt bien. L'écho montre que la grossesse est bien plus avancée qu'on le pensait. On s'est trompé de sept semaines, peut-être. Alors on s'est précipités pour acheter la maison. On voudrait s'installer et tout préparer avant l'arrivée du bébé.

Fort heureusement, une voiture se gara alors derrière le camion. Les hommes qui en descendirent étaient les amis et collègues d'Arthur et Lynn, venus les aider à décharger le camion.

Je m'aperçus que le conducteur, un homme imposant qui devait avoir une dizaine d'années de plus qu'Arthur, n'était autre que Jack Burns. Le capitaine Burns était l'une des rares personnes au monde qui m'inspiraient la terreur.

J'étais donc en présence de sept policiers, dont Jack Burns. Et dans ma main, je tenais… Je n'osais même pas y penser en présence de Burns.

L'acharnement dont il faisait preuve à l'égard des contrevenants tenait du fanatisme. Sa rage intérieure brûlait d'une flamme inextinguible. J'étais certaine qu'il était capable de renifler le plus petit mensonge, la moindre tentative de dissimulation. Il avait deux enfants adolescents – comment ces derniers parvenaient-ils à avoir ne serait-ce qu'un semblant de vie privée ? Mes jambes se mirent à flageoler. On allait sûrement le remarquer.

— Contente de vous avoir vus, annonçai-je soudain, un peu abrupte. J'espère que votre emménagement se passera aussi bien que possible.

Ils étaient manifestement aussi soulagés que moi et Arthur m'adressa un signe de main avant de se tourner vers l'un de ses copains, qui avait ouvert le camion et l'appelait : il était temps pour lui de s'y mettre.

Je pris congé et me retournai pour partir.

— Passe nous voir, un de ces jours, m'invita Lynn, sans sincérité aucune.

— Prends soin de toi, lui lançai-je par-dessus mon épaule.

Je traversai la rue d'un pas mal assuré pour atteindre ma voiture, posai les sacs avec précaution sur le siège passager et me glissai derrière le volant. J'étais assez tentée de rester assise là pour trembler violemment, mais d'un autre côté, j'avais très envie de décamper. Je mis donc le contact, réglai la climatisation au maximum et m'affairai un moment – à boucler ma ceinture, me tamponner le visage d'un mouchoir (je ruisselais littéralement), tout pour me donner un peu de temps et me calmer avant de conduire. Je sortis en marche arrière avec d'infinies précautions : l'allée, qui ne m'était pas familière, le camion garé juste en face et les hommes qui valsaient en tous sens, tout se conjuguait pour me mettre mal à l'aise.

Je parvins à agiter la main à l'attention de toute l'équipée, et certains policiers me rendirent mon

74

salut. Jack Burns se contenta de me toiser fixement. Je m'étonnai de nouveau en pensant à sa femme et à ses enfants, contraints de vivre sous ce regard incandescent qui semblait voir tous vos secrets. Peut-être qu'il l'éteignait en arrivant chez lui... Même ses hommes se méfiaient de lui – je l'avais appris à l'époque où j'étais en couple avec Arthur.

Pendant un temps, je conduisis au hasard, tout en me demandant ce que j'allais bien pouvoir faire de mon fardeau. Je n'avais vraiment pas envie de le rapporter chez moi : je ne disposais d'aucune cachette infaillible. Je ne pouvais pas tout simplement le jeter pour m'en débarrasser. À la banque, mon coffre-fort était trop petit, tout comme celui de Jane devait l'être. C'est là qu'elle l'aurait placé, sinon. En tout état de cause, la seule idée d'arriver à la banque avec mon sac en papier suffisait à déclencher en moi de petits soubresauts de rire hystériques. Pas question de le garder dans ma voiture. D'instinct, je vérifiai d'un œil que ma vignette de contrôle technique était encore à jour. Ouf. On pouvait tout de même m'arrêter pour une violation quelconque du code de la route. Cela ne m'était jamais arrivé mais vu la teneur de la journée, c'était presque probable.

J'avais la clé de chez ma mère. Qui était en voyage.

À peine l'idée avait-elle traversé mon esprit que je prenais le chemin vers chez elle. Je n'étais pas très fière d'exploiter la maison de ma mère pour faire une chose pareille. Toutefois, rien d'autre ne me venait à l'esprit.

Au sein de la grande demeure de Plantation Drive, l'air immobile était brûlant. Sans réfléchir, je me précipitai en haut dans mon ancienne chambre. À bout de souffle, dans l'encadrement de la porte, je réfléchis au meilleur endroit. La pièce était devenue une chambre d'amis supplémentaire et je n'y gardais presque plus rien. J'ouvris le placard pour en examiner le contenu.

Sur une étagère se trouvait une housse en plastique rose, dans laquelle mère rangeait toujours les couvertures bleues des lits jumeaux de cette chambre. Personne n'en aurait besoin par ce temps. Je tirai le tabouret de la coiffeuse vers moi et grimpai dessus pour ouvrir la housse. Puis je saisis mon sac Kroger pour le glisser entre les couvertures. La housse ne fermait plus.

La situation devenait grotesque. Enfin, encore plus grotesque.

Je sortis l'une des couvertures et pliai l'autre en deux, ménageant ainsi un espace pour le crâne. Pari réussi : une fois fermée, la housse avait repris un aspect quasi normal et je la repoussai vers le fond.

Il ne me restait plus qu'à me débarrasser de la seconde couverture. La commode ne contenait pas grand-chose et mère réservait toujours deux tiroirs vides aux invités. Je fourrai la couverture dans l'un d'entre eux et le refermai d'un coup sec – avant de le rouvrir aussitôt. Elle pouvait avoir besoin du tiroir : John allait emménager ici avec toutes ses affaires après la lune de miel. Je faillis m'asseoir par terre et éclater en sanglots. Je restai debout un instant, paralysée par l'indécision. Que faire ? La brûler ? La rapporter chez moi ? Je préférais nettement la couverture au crâne…

Le lit ! Mais bien sûr ! Le meilleur endroit pour cacher une couverture, c'est un lit.

Je retirai le jeté de lit et lançai l'oreiller au sol avant d'étaler l'objet du délit bien à plat sur le matelas. En moins de deux, le lit était refait – comme si rien ne s'était passé.

Je m'arrachai avec peine au territoire de mère et rentrai chez moi. J'avais l'impression d'avoir passé deux nuits blanches. Alors qu'en réalité la matinée ne s'était même pas achevée.

Je me versai un grand verre de thé glacé bien sucré (pour une fois). Assise dans mon fauteuil préféré, je le bus lentement, à petites gorgées. J'allais prendre le temps qu'il fallait pour cogiter.

Fait numéro un : Jane Engle avait dissimulé un crâne chez elle. Elle pouvait ne pas avoir raconté ceci à Bubba Sewell. Il était clair, néanmoins, qu'elle lui avait fait comprendre que quelque chose clochait et que je serais capable de m'en charger.

Question : comment le crâne était-il arrivé là ? Jane avait-elle assassiné son… propriétaire… locataire ?

Question : où se trouvait le reste du squelette ?

Question : depuis combien de temps la tête reposait-elle dans le siège sous la fenêtre ?

Fait numéro deux : quelqu'un d'autre, à savoir mon visiteur inconnu, savait, ou soupçonnait, que cette chose se trouvait chez Jane. Ce personnage devait être un citoyen modèle ou presque : il n'avait pas profité de l'occasion pour voler quoi que ce soit ou pour vandaliser les lieux – je considérais que, dans les circonstances, un simple carreau brisé n'était rien. Par conséquent, le crâne était presque certainement l'unique objectif de la fouille. Sauf si Jane, ô horreur, avait caché autre chose dans son logis ?

Question : l'intrus ferait-il une nouvelle tentative ou était-il persuadé que le crâne ne se trouvait plus là ? D'après Torrance Rideout, on avait également effectué des fouilles dans le jardin. D'ailleurs, je ne devais pas oublier de faire un tour de ce côté-là.

Fait numéro trois : j'étais dans les ennuis jusqu'au cou. Je pouvais garder le silence à jamais, jeter le crâne à la rivière et tenter d'oublier que je l'avais vu. J'avoue que je trouvais l'approche particulièrement séduisante. Autre possibilité : je pouvais aller à la police et leur dire ce que j'avais fait. Rien qu'à l'idée du regard de Jack Burns, j'avais des frissons dans le dos. Sans parler de l'incrédulité qui se peindrait sur le visage d'Arthur. Je m'entendais d'ici bégayer : « Eh ben, je l'ai caché chez ma môman. » Comment justifier l'étrangeté de mes actions ? Moi-même, je n'y comprenais rien... En dehors du fait que j'étais animée d'un sentiment de loyauté envers Jane, et que tout l'argent qu'elle m'avait laissé me poussait plus ou moins à agir ainsi.

J'éliminai donc l'alternative qui consistait à me tourner vers les forces de l'ordre – en l'état actuel des choses, bien entendu. Je n'avais aucune idée de ma situation personnelle, sur un plan juridique. À mon avis toutefois, je n'avais rien fait de particulièrement répréhensible vis-à-vis de la loi. Sur un plan moral en revanche, la question se posait tout à fait.

J'avais un gros problème sur les bras, c'était indéniable.

À ce moment inopportun, la sonnette retentit. Décidément, c'était la journée des interruptions agaçantes. Je poussai un soupir, espérant contre toute

78

attente qu'il s'agisse de quelqu'un que j'aurais envie de voir. Aubrey, par exemple.

Mais la journée poursuivit sa route inexorable – nous allions de désastre en désastre. Parnell Engle et son épouse, Leah, se tenaient sur le seuil de la porte d'entrée.

— Monsieur Engle, madame Engle, entrez, je vous en prie.

Parnell ouvrit le feu immédiatement.

— Qu'est-ce que nous avons fait à Jane, mademoiselle Teagarden ? Vous a-t-elle expliqué ce qui l'a offensée à ce point ? Pourquoi vous a-t-elle tout laissé ?

Je n'avais vraiment pas besoin de ça et le réprimandai immédiatement d'un ton vif, abandonnant sur le champ toute tentative de politesse.

— Ah, attention, monsieur Engle, pas de ça, je vous en prie ! Je passe une très mauvaise journée ! Vous avez eu la voiture, vous avez eu de l'argent, et vous avez eu Madeleine. Contentez-vous de votre sort et laissez-moi tranquille.

— Mais nous sommes la famille de Jane et...

— Ne commencez pas avec moi ! coupai-je. Je ne sais pas pourquoi elle m'a tout laissé, mais je peux vous dire qu'en ce moment je n'en suis pas particulièrement ravie !

Il rassembla un peu plus de dignité et sa voix perdit vaguement ses accents plaintifs.

— Nous sommes bien conscients que Jane a exprimé ses dernières volontés dans son testament. Nous savons qu'elle avait toute sa tête, et ce jusqu'au bout. Elle savait ce qu'elle faisait. Nous n'allons pas contester le testament. C'est juste que nous ne le comprenons pas.

— Eh bien, moi non plus, monsieur Engle.

Parnell aurait remis le crâne à la police en deux temps, trois mouvements. J'étais soulagée qu'ils n'aient pas l'intention de contester le testament : je connaissais bien ma petite ville. Bientôt, on commencerait à se poser des questions. Pourquoi donc Jane Engle avait-elle tout laissé à une jeune femme dont elle n'était pas si proche que cela ? Les langues iraient bon train. Je ne pouvais même pas imaginer ce que les gens allaient inventer pour expliquer cet étrange héritage. Personne ne les empêcherait de parler. Mais si une dispute venait se greffer sur l'histoire, elle prendrait une tournure des plus désagréables.

En voyant le couple terne et aigri que formaient Parnell et son épouse silencieuse, je me demandai soudain si Jane m'avait laissé l'argent à titre de compensation pour le désagrément que représentait le crâne. Elle n'avait fait que brouiller les pistes en laissant entendre des choses à son avocat sans rien lui révéler. Elle avait simplement lu dans mon esprit – c'en était presque surnaturel. Elle savait que je protégerais son secret.

— Au revoir, leur dis-je avec douceur.

Je refermai avec lenteur, pour qu'ils ne puissent pas dire que je leur avais claqué la porte au nez. Je la verrouillai avec soin et me dirigeai d'un pas ferme vers le téléphone. Après avoir consulté l'annuaire pour trouver les coordonnées de Bubba Sewell, je composai son numéro. À ma grande surprise, il était à son bureau et de plus, disponible.

Il me salua avec son accent traînant.

— Alors, comment ça se passe, mademoiselle Teagarden ?

80

— Comme ci, comme ça, monsieur Sewell.

— Ah bon ? Je suis désolé de l'apprendre. En quoi puis-je vous être utile ?

— Jane m'aurait-elle laissé une lettre ?

— Pardon ?

— Une lettre, monsieur Sewell. M'a-t-elle laissé une lettre ou quoi que ce soit d'autre ? Quelque chose que je serais censée recevoir d'ici à un mois, par exemple ?

— Absolument pas, mademoiselle Teagarden.

— Pas de cassette, pas d'enregistrement ?

— Non, m'dame.

— Avez-vous aperçu quelque chose du genre dans le coffre de Jane ?

— Non, pas du tout, mais j'ai loué le coffre moi-même, dès l'hospitalisation de Jane, pour y mettre ses bijoux.

— Et elle ne vous a pas dit ce qui se trouvait dans la maison ? demandai-je avec circonspection.

— Mademoiselle Teagarden, je n'ai aucune idée de ce qui peut se trouver dans la maison de Mlle Engle, me répondit-il avec fermeté.

Il se montrait vraiment très ferme. Déconcertée, je m'abstins de poursuivre. Il ne voulait pas savoir. Si je lui racontais, il serait probablement obligé d'agir d'une façon ou d'un autre. Et je n'avais pas encore décidé de ce qu'il convenait de faire.

— Bon, eh bien, merci. Au fait…

Je lui narrai la visite de Parnell et Leah.

— Vous êtes certaine qu'il a dit qu'ils n'allaient pas contester ?

— Il a bien dit qu'ils étaient conscients que Jane avait toute sa tête à l'époque où elle a fait rédiger son testament. Ils voudraient simplement comprendre pourquoi elle a pris ces dispositions-là.

— Il n'a pas parlé d'aller devant les tribunaux ou de prendre un avocat ?

— Pas du tout.

— Alors il ne reste plus qu'à espérer qu'il se soit montré honnête dans ses affirmations.

Et sur cette note optimiste, la conversation prit fin.

Je retournai à mon fauteuil pour reprendre mon raisonnement. Je compris bientôt que j'en avais atteint les limites.

Il serait certainement plus facile de prendre des décisions si je connaissais l'identité de la victime. Je pouvais déjà commencer par essayer de déterminer depuis combien de temps le siège était occupé. Si Jane avait conservé la facture des tapissiers, cela me donnerait une date : le crâne s'était forcément trouvé là au moment de la pose de la moquette, et n'avait pas été dérangé depuis.

Par conséquent, il me fallait retourner là-bas.

Je poussai un profond soupir…

J'allais donc suivre mon plan initial : déjeuner, trouver des cartons et passer l'après-midi dans la maison.

La veille à cette heure-ci, j'étais une femme heureuse avec un bel avenir devant elle. J'étais désormais une femme qui avait un secret, un secret étrange et macabre. J'étais certaine que cela se voyait sur mon visage, comme si on me l'avait tatoué sur le front.

Sur Honor Street, l'emménagement se poursuivait en face de chez moi. À la vue d'un grand carton portant la photo d'un berceau, je faillis me mettre à pleurer.

J'avais cependant d'autres priorités aujourd'hui. Il était temps de tourner la page. La douleur d'avoir perdu Arthur commençait à s'estomper et me lasser.

Avant de me mettre à la recherche des papiers de Jane, je devais ranger sa chambre. J'y déposai mes cartons, mis la main sur la cafetière et me préparai du café – je l'avais naturellement rapporté. La fraîcheur agréable et le silence qui régnaient entre les murs me détendirent à tel point que j'en aurais presque fait la sieste. J'allumai le poste de radio à côté du lit de Jane. Beurk, il était réglé sur une station de variété. Après avoir trouvé la station publique, qui passait à ce moment-là du Beethoven, je me mis à emballer les vêtements. Je fouillai chacun d'entre eux, pour ne rien rater qui aurait pu m'éclairer sur la présence du crâne. Jane ne pouvait pas m'avoir laissé un tel problème sans la moindre explication.

Avait-elle cru que je ne le trouverais jamais ?

Au contraire. Elle avait très bien su que je le repérerais tôt ou tard. Sans doute pas aussi vite, mais un de ces jours. Pourtant, s'il n'y avait eu l'effraction et les trous creusés derrière (ah oui ! ne pas oublier d'y faire un tour plus tard), peut-être que je ne me serais inquiétée de rien, malgré les mystérieuses allusions de Bubba Sewell.

Je pensais soudain au vieux proverbe : « À cheval donné, on ne regarde pas les dents. » Le sourire du crâne me revint en mémoire et je me mis à rire.

Il fallait bien rire de quelque chose.

Ma corvée de tri fut vite accomplie. Si quelque chose m'avait plu, je n'aurais pas hésité à le garder. Jane avait été très pragmatique et dans une certaine mesure, je l'étais aussi. Je décidai de conserver un ou deux cardigans tout à fait ordinaires, avec lesquels je n'aurais pas constamment l'impression de porter les vêtements de Jane. Robes, chemisiers, manteaux, chaussures et jupes, tous les vêtements furent rapidement emballés, prêts à partir pour une association. À l'exception d'un peignoir qui avait glissé de son cintre. Agaçant. Les cartons étant remplis à ras bord, je l'abandonnai sans y toucher. Je chargeai le tout dans mon coffre et décidai de m'accorder une pause en allant visiter le fameux jardin à l'arrière.

Il avait été conçu avec soin. Brûlants sous le soleil du mois de juin, deux bancs de béton étaient disposés de part et d'autre d'une baignoire à oiseaux du même matériau, dont le pied était cerné de muguet du Japon. Ce dernier devenait envahissant. Je connaissais bien la plante et ressentis de l'admiration pour la persévérance du jardinier inconnu qui en avait arraché une grosse touffe. Je compris soudain qu'il s'agissait là d'un des endroits qui avaient été creusés. En regardant autour de moi, j'en vis d'autres. Ils étaient tous situés vers des buissons ou sous les deux bancs. Heureusement, le centre de la pelouse était intact. Je ne comprenais rien. Quelqu'un avait donc sérieusement cru que Jane avait creusé un trou dans son jardin pour y mettre le crâne… Les recherches n'avaient pourtant rien donné, alors que Jane avait bien détenu la chose.

Une pensée me frappa soudain : les individus désespérés ne font pas dans la douceur.

Tandis que je traînais de-ci, de-là, tout en comptant les creux autour des buissons qui masquaient la palissade du collège, je pris conscience d'un mouvement à peine perceptible dans le jardin des Rideout et relevai la tête. Allongée dans un transat sur la vaste terrasse de bois, une femme bronzait au soleil. Sa longue silhouette au hâle prononcé était plus ou moins revêtue d'un bikini rouge pompier. Ses cheveux décolorés blond pâle lui arrivaient au menton et elle les avait retenus en arrière avec un bandeau de la même couleur. Même ses ongles étaient vernis de la même teinte. Je la trouvais très apprêtée, pour un après-midi de farniente chez elle – en supposant qu'il s'agisse bien de Marcia Rideout.

— Comment ça va, notre nouvelle voisine ? demanda-t-elle avec une nonchalance étudiée.

Son bras mince porta un verre de thé glacé à ses lèvres – c'était ce mouvement-là que j'avais perçu.

Je lui mentis, par automatisme.

— Très bien ! Et vous ?

— On fait aller. Venez donc bavarder une minute, ajouta-t-elle en m'invitant d'un signe de main alangui.

Lorsque je me fus assise à côté d'elle, elle tendit la main.

— Marcia Rideout.

— Aurora Teagarden, murmurai-je en lui donnant la mienne.

L'amusement éclaira un instant son visage avant de disparaître. Elle retira ses lunettes opaques et me regarda bien en face. Elle avait les yeux d'un bleu très sombre, et elle était ivre, ou du moins bien partie pour l'être. Elle dut apercevoir quelque chose sur mon visage, car elle remit immédiatement ses lunettes. Je m'efforçai de ne pas fixer son verre. À mon avis, il ne contenait finalement pas de thé, mais plutôt du bourbon.

— Vous voulez quelque chose à boire ? me demanda-t-elle.

— Non merci, refusai-je en toute hâte.

— Alors vous avez hérité de la maison. Vous allez vous plaire, dans notre quartier ?

— Je ne sais pas encore si je vais m'installer ici.

J'observai ses doigts qui jouaient avec son verre ruisselant de condensation. Elle prit une nouvelle gorgée.

— Parfois, je bois, annonça-t-elle avec franchise.

Je ne savais vraiment pas quoi répondre.

— Mais c'est seulement quand Torrance est en déplacement. Quelquefois, il passe la nuit sur la route. Environ deux fois par mois. Et ces soirs-là, quand il ne revient pas à la maison, je bois. Très lentement.

— Vous devez vous sentir seule, suggérai-je d'un ton hésitant.

— J'imagine que oui. En revanche, Carey Osland, votre voisine de l'autre côté, et Macon Turner, mon voisin de l'autre côté, eux, ils n'ont pas de problème de solitude. Macon se glisse chez elle en passant par les jardins, certaines nuits.

— C'est un peu dépassé, comme comportement, de nos jours.

Car rien n'empêchait Macon et Carey de passer du temps ensemble. Macon avait divorcé, et Carey aussi, probablement. À moins que Mike Osland ne soit mort, auquel cas... À cette pensée, le crâne me traversa de nouveau l'esprit. Et moi qui avais tant apprécié de l'oublier quelques instants.

Ma remarque avait déclenché l'hilarité de Marcia. Je l'observai et me rendis compte que son visage était plus marqué que je ne l'avais pensé. Je rajoutai

86

mentalement sept années à son âge. Son corps, lui, n'en montrait rien du tout.

Après avoir recouvré son sérieux, elle reprit la parole avec lenteur.

— Autrefois, je n'avais pas ce problème-là. Nous avions des locataires.

Elle m'indiqua le garage et le studio ajouté sur son toit.

— Une fois, on a eu une enseignante. Je l'aimais bien. Puis elle a eu un autre travail et elle est partie. Ensuite, on a eu Ben Greer, ce crétin qui travaille au rayon boucherie – vous le connaissez ?

— Oui. Effectivement, il n'est pas très fin.

— J'étais drôlement contente, quand il a déménagé. Après, c'était un peintre, Mark Kaplan...

J'avais l'impression qu'elle allait bientôt s'endormir et que ses yeux se fermaient, derrière ses lunettes noires.

— Et avec lui, comment ça s'est passé ?

— Ah, lui, c'est le seul qui soit parti en pleine nuit, sans payer le loyer.

— Non ! Comme ça, sans prévenir ? Avec ses affaires et tout ?

Avions-nous là un nouveau candidat pour le crâne ?

— Ouaip. Enfin, il a pris une partie de ses affaires, et il n'est jamais revenu pour le reste. Vous êtes sûre que vous ne voulez rien ? J'ai du vrai thé, vous savez.

Elle m'adressa soudain un sourire et j'en fis autant.

— Non merci. Et alors, ce locataire ?

— Disparu, c'est tout. Et on n'en a jamais pris d'autre. Torrance ne veut pas d'ennuis. Ces dernières années, il a changé, de ce côté-là. Je lui dis qu'il prend de l'âge. C'est comme cette dispute épouvantable, qu'il a eue avec Jane au sujet de l'arbre !

Son doigt écarlate indiquait un arbre à mi-chemin entre les deux maisons. Depuis la terrasse des Rideout, il avait une apparence étrangement déséquilibrée.

— Il a poussé pile-poil sur la frontière entre les deux propriétés. C'est incroyable de penser que deux personnes sensées puissent se disputer au sujet d'un arbre.

— Les gens sont capables de se disputer pour tout et n'importe quoi, vous savez. Je gère une poignée de maisons. Si vous saviez dans quel état certains locataires peuvent se mettre, simplement parce qu'on s'est garé sur leur place de parking !

— Ça ne m'étonne pas. Enfin, toujours est-il que l'arbre, comme vous pouvez le voir, est un tout petit peu plus près de la maison de Jane – enfin, la vôtre, poursuivit Marcia avant de reprendre une gorgée. Mais Torrance ne supportait pas les feuilles et il en avait assez de les ratisser. Alors il a parlé à Jane de le faire abattre – il ne faisait de l'ombre à aucune des maisons, en plus. Quand elle a entendu ça, elle a piqué une vraie crise. Bien. Alors Torrance a simplement coupé les branches de notre côté. Qu'est-ce qu'il lui avait pris ! Elle a foncé ici dès le lendemain en hurlant. « Torrance Rideout, ce que tu as fait là, c'est petit, et c'est minable, enfonce-toi bien ça dans le crâne ! » Elle était folle de rage. C'est fou, non ?

J'approuvai d'un signe de tête, fascinée par cette petite histoire.

— En tout cas, impossible de recoller les branches, reprit-elle, son accent du Sud prenant de l'ampleur. Torrance a réussi à calmer Jane, je ne sais pas comment. Mais entre eux, ce n'était plus pareil.

Pourtant, Jane et moi, on se parlait toujours. On était toutes les deux au conseil d'administration de l'orphelinat. Je l'aimais bien.

J'avais peine à imaginer Jane dans un tel état de fureur. Elle s'était toujours montrée polie et agréable – et parfois même adorable. Elle avait malgré tout un sens aigu de la propriété. Un peu comme ma mère. Sans manquer de rien, Jane ne possédait pas grand-chose. Personne ne pouvait toucher à son bien sans avoir demandé et reçu sa permission. La petite anecdote de Marcia l'illustrait parfaitement. Il était bien tard, pour en apprendre autant sur Jane. Je n'avais jamais su qu'elle siégeait au conseil d'administration de la Mortimer House, notre orphelinat.

L'élocution de Marcia se ralentissait de plus en plus.

— Ces dernières années, ça s'est un peu arrangé entre Torrance et Jane. Je crois qu'elle lui avait pardonné. J'ai vraiment sommeil...

Je me sentis obligée de présenter des excuses à la place de ma bienfaitrice.

— Jane était une personne passionnante et très fine. Je suis désolée que vous ayez eu des problèmes avec elle.

— Pfff ! La dispute avec Torrance, ce n'était rien. Avec Carey par contre, ça, c'était quelque chose. Si vous les aviez entendues...

— Ah bon ? C'était quand, ça ? demandai-je d'un ton dégagé.

Mais Marcia dormait, sa main toujours agrippée à son verre.

À contrecœur, je retournai à ma tâche. Je transpirais à cause de la chaleur et m'inquiétais de Marcia, qui s'était endormie en plein soleil. Je me promis de jeter un œil de temps à autre pour voir si elle se levait.

J'étais toujours sous l'effet de la surprise : Jane, enragée, qui fonçait sur quelqu'un pour lui dire ce qu'elle en pensait… Évidemment, je n'avais encore jamais été propriétaire. Maintenant que je l'étais, je réagirais peut-être de la même façon. Entre voisins, les gens pouvaient monter sur leurs grands chevaux à propos de situations tout à fait anodines. Je repensai à ma mère, par exemple. Aussi élégante et impériale que Lauren Bacall, elle m'avait affirmé qu'elle allait s'acheter un fusil et abattre le chien de son voisin s'il persistait à la réveiller en aboyant. Elle s'était finalement tournée vers la police. Un soir, le commissaire – l'un de ses vieux amis – était venu s'asseoir dans le noir pour écouter la bête et à la suite de cela, mère avait obtenu une ordonnance du tribunal à l'encontre du propriétaire de l'animal. La personne ne lui avait plus jamais adressé la parole, et avait même déménagé depuis.

Je me demandais bien à quel sujet Jane s'était fâchée avec Carey. Les disputes de Jane pouvaient-elles avoir un lien avec cette satanée caboche ? Il était certain que ce n'était pas celle de Carey Osland, ni celle de Torrance Rideout. Je ne parvenais pas à imaginer Jane en train de trucider le locataire des Rideout, ce Mark je-ne-sais-quoi, mais au moins, j'avais le nom d'une autre personne à qui la tête avait pu appartenir.

De retour chez moi – je m'exerçais à penser « chez moi » –, je me mis en quête des papiers de Jane. Tout le monde a un endroit où s'entassent les vieux papiers. Je trouvai ceux de Jane dans la chambre

90

d'amis, sagement rangés dans des boîtes en carton fleuries, une par année. Elle avait tout conservé. Sur une période de... sept ans. Je poussai un profond soupir, laissai échapper quelques jurons bien sentis et ouvris la première boîte.

5

Je rebranchai la télévision de Jane pour écouter les informations d'une oreille tandis que je triais les papiers. Apparemment, tous ceux qui concernaient la voiture avaient déjà été transmis à Parnell. Intérieurement, je pestai contre le manque d'organisation de Jane, qui n'avait rien classé, tout en m'efforçant de ne pas penser à mes propres boîtes à chaussures remplies de fatras.

J'avais commencé par la boîte la plus ancienne. Jane avait conservé des tickets de caisse et des factures qui n'avaient plus de raison d'être – pour des robes, des visites de désinsectisation, un téléphone... La pile de paperasse inutile grandissait à vue d'œil.

Il est assez agréable de se débarrasser du superflu et je me pris au jeu. Il me fallut donc un certain temps pour percevoir un bruit répétitif. Quelqu'un faisait quelque chose à la porte moustiquaire de la cuisine. Assise par terre et immobile, je tendis l'oreille. Puis je tendis la main pour éteindre la télévision. Petit à petit, je me détendis. Je ne savais pas ce que l'on était en train de faire, mais ce n'était pas furtif. Le tapage gagna en volume.

Prenant mon courage à deux mains, je me levai pour aller en reconnaissance. Avec d'infinies précautions, j'ouvris la porte de la cuisine au moment même où le bruit reprit. Et je découvris un énorme félin abricot tigré, étalé en croix sur la moustiquaire, à laquelle il était accroché de toutes ses griffes. Ce qui expliquait les accrocs que j'avais remarqués plus tôt.

— Madeleine ! m'exclamai-je, abasourdie.

Elle poussa un miaulement de désarroi et se laissa tomber sur la première marche. Sans réfléchir, je lui ouvris et en un éclair, elle s'insinua à l'intérieur.

Jamais je n'aurais cru qu'un chat puisse se déplacer aussi vite.

Madeleine se mit à inspecter sa maison, reniflant tous les coins et se frottant à tous les meubles.

Là, j'étais contrariée. Doux euphémisme. Ce félin appartenait à Parnell et Leah. Jane savait très bien que je n'aimais pas les animaux de compagnie. Vraiment pas. Ma mère ne m'avait jamais permis d'en avoir un et petit à petit, je m'étais laissé influencer par ses convictions au sujet de l'hygiène et des inconvénients causés par ces petites bébêtes. Maintenant, il me faudrait appeler Parnell et parler de nouveau avec lui, lui emporter le chat ou mieux, le convaincre de venir le chercher – Madeleine me grifferait si je tentais de la mettre dans ma voiture, j'en étais persuadée. Encore une complication dans ma vie ! Je me laissai tomber sur une chaise, dépitée.

Son petit tour terminé, Madeleine revint vers moi et s'assit, sa queue en panache enroulée soigneusement autour de ses pattes de devant. Elle me fixa de ses yeux ronds et dorés, qui je ne sais pas pourquoi, me rappelaient ceux d'Arthur Smith. Manifestement, elle attendait quelque chose. De plus, son regard me disait très clairement : « Je suis une vraie dure, tu n'as pas intérêt à m'enquiquiner. » Presque séduite, je faillis éclater de rire. Soudain, Madeleine se ramassa sur elle-même et, dans un seul mouvement fluide, bondit sur la table. « Sur la table, là où on mange ! » m'exclamai-je intérieurement, horrifiée.

Ainsi installée, elle pouvait me dévisager plus efficacement. Exaspérée par ma stupidité, elle cogna ma main de sa tête dorée. Je lui tapotai la tête d'un geste incertain. Elle semblait toujours attendre quelque chose de moi. Je rassemblai mes souvenirs de Jane en compagnie de Madeleine. Il me semblait qu'elle avait gratté l'animal derrière ses oreilles. Je tentai de reproduire la manœuvre. Un ronronnement filtra du fin fond du large ventre de Madeleine, dont les yeux étaient mi-clos de plaisir. Encouragée par sa réaction, je continuai un instant, avant de passer à la zone sous son menton. Là aussi, je rencontrai son approbation pleine et entière.

Après un temps, je me fatiguai et m'arrêtai. Madeleine s'étira, bâilla et sauta lourdement à terre. Après quoi elle marcha vers l'un des placards et s'assit, me regardant avec insistance par-dessus son épaule. Idiote que j'étais, je ne comprenais toujours pas le message. Elle émit soudain un miaulement de soprano. Je bondis pour ouvrir le placard en question. Il ne contenait que les casseroles que j'y avais rangées la veille. Madeleine me fixait toujours. Elle me trouvait plutôt lente. J'examinai les éléments au-dessus du plan de travail et découvris soudain des boîtes de nourriture pour chat. Je baissai les yeux vers Madeleine.

— Alors c'est ça, que tu voulais ? lui demandai-je gaiement.

Elle miaula de nouveau et se mit à marcher de long en large, le regard littéralement collé à la boîte de conserve noir et vert. Je trouvai l'ouvre-boîte électrique, le branchai et m'en servis aussitôt. D'un large geste triomphant, je posai le trésor devant elle. Après un instant d'hésitation dubitative – elle n'avait visiblement pas l'habitude de manger directement dans un vulgaire contenant métallique –, Madeleine baissa le museau et se précipita. Je fouillai encore un peu dans les étagères et récupérai un bol en plastique, que je remplis d'eau avant de le déposer lui aussi. Adhésion totale.

Je me traînai avec réticence jusqu'au téléphone pour appeler Parnell. Impossible, car je n'avais pas encore fait activer la ligne. Je devrais d'ailleurs y penser plus sérieusement. Je me retournai vers Madeleine, qui procédait méticuleusement à sa toilette.

— Qu'est-ce que je vais faire de toi ?

Je décidai de la laisser dans la maison pour la nuit, et d'appeler Parnell depuis chez moi. Il pourrait venir la chercher le lendemain matin. Je ne savais pas pourquoi, mais je n'avais pas le cœur de la mettre dehors. Il me semblait que Jane m'avait précisé que Madeleine était un chat d'intérieur. Lorsque Jane parlait d'elle, je devais avouer que je me branchais souvent sur pilote automatique et que je ne l'écoutais pas vraiment. La conversation d'un amoureux des animaux peut s'avérer d'un ennui mortel.

Madeleine allait avoir besoin d'un bac à litière. Celui qui s'était trouvé à côté du réfrigérateur avait disparu. On avait dû l'emporter chez le vétérinaire, qui avait pris Madeleine en pension pendant la maladie de Jane. Parnell et Leah l'avaient sans doute emporté.

Je fouillai le tas de détritus que j'avais accumulés en faisant de l'ordre et retrouvai une boîte qui ferait l'affaire et que j'installai au même endroit que l'ancien bac. Après quoi, sous le regard perçant de Madeleine, j'ouvris tous les éléments de cuisine et tombai sur un sac de litière à moitié rempli. Victoire.

Je me sentais plutôt fière. J'avais bien géré ce petit problème félin. À bien y réfléchir, cependant, c'était sans doute Madeleine, qui m'avait menée par le bout du nez. Elle avait retrouvé le chemin de sa maison, elle s'était fait inviter, nourrir, abreuver et aménager des toilettes. Sur ce, elle bondit sur le fauteuil de Jane, se roula en boule et s'endormit. Je la considérai un instant avec envie, et me remis à mon tri en soupirant.

Ce fut dans la quatrième boîte que je trouvai ce que je cherchai : la moquette avait été installée trois ans plus tôt. Le crâne était donc devenu crâne avant cela. Soudain, je compris ce que j'aurais dû comprendre bien plus tôt. Il était évident que Jane n'avait tué personne avant de ranger sa tête, toute fraîche en quelque sorte, sous la fenêtre. Lorsque Jane l'avait enfermé, le crâne n'était déjà plus une tête mais un crâne. Je n'avais pas connu toutes les facettes secrètes de la personnalité de Jane. Ça, je voulais bien l'admettre. En revanche, il était inconcevable que Jane ait pu vivre avec une tête en décomposition dans son séjour. Jane n'avait pas été un monstre.

Mais qui avait été Jane ? Je relevai mes genoux et enroulai mes bras autour de mes jambes. Derrière moi, Madeleine, qui avait observé Jane plus longtemps que quiconque, bâilla longuement et changea de position.

Jane était une femme qui approchait des quatre-vingts ans, avec des cheveux argentés qu'elle coiffait presque toujours en chignon impérial. Elle n'avait jamais porté de pantalon. Vive et intelligente, elle avait fait preuve d'un savoir-vivre irréprochable. Elle s'était intéressée au crime – tout en gardant des distances respectables. Ses affaires préférées dataient de l'ère victorienne ou même avant. Fortunée, sa mère avait occupé une place de choix dans la haute société de Lawrenceton. Le comportement de Jane n'en avait jamais rien laissé paraître. Elle avait hérité, cependant, de ce fameux sens aigu de la propriété. Mais en ce qui concernait l'émancipation de la femme – eh bien, Jane et moi avions souvent débattu de la question. Jane avait été traditionaliste. Certes, elle travaillait et croyait fermement au principe suivant : à travail égal, salaire égal. Cependant, d'autres aspects du mouvement féministe lui avaient totalement échappé. « Une femme n'est pas obligée de confronter un homme, ma chérie », m'avait-elle affirmé une fois. « Elle peut toujours utiliser son intelligence pour le contourner. » Je me souvenais qu'elle avait été plutôt rancunière. Si on l'avait mise très en colère, et que l'excuse n'avait pas été à la hauteur, elle ressassait son amertume pendant très longtemps. Elle n'en était d'ailleurs pas consciente. Si elle s'en était rendu compte, elle aurait tenté de se corriger, comme elle l'avait toujours fait lorsqu'elle estimait que son comportement n'était pas chrétien. Car elle avait été très croyante. Quoi d'autre encore ? Fiable, d'une grande moralité, et douée d'un sens de l'humour particulièrement malicieux.

Et d'ailleurs, où qu'elle soit maintenant, j'étais prête à parier qu'elle riait à gorge déployée : la petite Roe, avec l'argent de Jane, la maison de Jane, le chat de Jane et le crâne de Jane.

Je poursuivis le tri – autant terminer ce que j'avais commencé – puis me levai pour me dégourdir les jambes. À ma grande surprise, il pleuvait. Je m'installai sur le siège du bow-window et contemplai la pluie à travers les stores. L'averse s'amplifia et le tonnerre se mit à gronder. En face, dans la petite maison blanche aux volets jaunes, quelqu'un alluma les lampes. À travers la fenêtre, je voyais Lynn qui déballait des cartons et se déplaçait avec lourdeur. Je me demandais ce que l'on ressentait à être enceinte. Le saurais-je un jour ? Et enfin, sans que je puisse en discerner la raison, mes sentiments pour Arthur s'éteignirent et la douleur s'écoula pour disparaître. Fatiguée de pleurer sur un passé qui n'avait plus lieu d'être, je me recentrai sur ma propre vie. J'aimais bien vivre seule. Mais je n'avais pas envie de passer toute ma vie dans la solitude comme Jane l'avait fait. Je repensai à Robin Crusoe, le romancier, qui avait quitté la ville lorsque ma liaison avec Arthur avait pris une tournure passionnelle. Je repensai à Aubrey Scott. J'en avais assez d'être seule avec mon problème étrange sur les bras. J'en avais assez d'être seule, tout court.

Il était urgent de rectifier le tir de mes pensées... Je trouvais extrêmement agréable de me retrouver dans ma propre maison à regarder le déluge au-dehors, sachant que je n'étais obligée d'aller nulle part. J'étais dans un bel endroit, entourée de livres. Je pouvais m'occuper comme bon me semblait. Que faire, d'ailleurs ? Je m'armai de courage et me poussai à prendre une décision. « Allez ! Que choisis-tu ? » Je faillis choisir d'éclater en sanglots. Au lieu de cela, je me décidai pour un brin de ménage... Un foyer ne vous appartient qu'une fois que vous l'avez nettoyé. Je m'appropriai donc la maison de Jane : je rangeai, triai, jetai, récurai et répertoriai. Je m'ouvris une boîte de soupe que je réchauffai dans ma casserole, sur ma cuisinière, et que je dégustai avec ma cuillère. Madeleine fit son entrée dans la cuisine alors que je m'affairais et sauta sur la table pour me surveiller pendant mon repas. Cette fois-ci, je ne fus pas horrifiée. Je feuilletai un livre que j'avais pris dans les étagères de Jane, tout en adressant quelques commentaires choisis à Madeleine.

Après ma petite vaisselle, il pleuvait toujours. Je m'assis dans le fauteuil de Jane, dans le séjour, et me demandai ce que je pourrais bien faire maintenant. Madeleine sauta sur mes genoux. Je n'étais pas très certaine d'apprécier la liberté qu'elle venait de prendre. Je parvins néanmoins à me convaincre de faire un essai. Je caressai la fourrure lisse d'un geste hésitant et aussitôt, le ronronnement reprit. Je laissai alors libre cours à mes pensées... Je devrais aller trouver quelqu'un qui connaissait Lawrenceton à fond. Quelqu'un qui connaîtrait le mari de Carey Osland et le locataire des Rideout. J'avais jusqu'ici

100

naturellement considéré que le crâne était celui de quelqu'un qui habitait dans le voisinage. Une petite remise en question s'imposait.

Pourquoi étais-je partie de ce principe ? Il devait bien y avoir une raison. Tout d'abord, Jane n'aurait pas pu transporter un corps. Elle n'en aurait pas eu la force. Puis je me souvins du trou dans le crâne. Je fus soudain prise de frissons et réprimai un haut-le-cœur. Elle aurait eu bien assez de vitalité pour frapper. Avait-elle coupé la tête par elle-même ? Je ne pouvais même pas l'imaginer. Ses étagères, tout comme les miennes, étaient remplies de récits sur des gens qui avaient commis des horreurs et qu'on n'avait pas soupçonnés avant très longtemps. Mais que Jane ait pu leur ressembler, ça, je ne pouvais pas l'admettre. Quelque chose ne tournait pas rond.

Ou alors, j'étais victime de mes préjugés. Pour moi, Jane était la petite vieille dame gentille par excellence.

Physiquement et mentalement, je me sentais exténuée. Il était temps de rentrer chez moi. Je déplaçai Madeleine, qui parut offusquée, et remplit son bol d'eau. Puis je chargeai mon coffre de tout ce que je souhaitais donner ou jeter, fermai la porte à clé et m'en fus.

Ma mère m'avait offert un répondeur pour Noël et la lumière clignotait lorsque je pénétrai dans ma cuisine. Je m'accoudai au comptoir pour écouter mes messages.

— Roe, c'est Aubrey. Tu n'es pas là, dommage. On se voit à l'église, demain ?

Ah. Demain, nous serions dimanche. J'allais devoir me rendre à l'église épiscopale. Mais je n'y allais pas, d'habitude. Est-ce que ce ne serait pas un peu déplacé, que je m'y affiche juste après être allée dîner avec le pasteur ? D'un autre côté, il m'y invitait, personnellement, et je lui ferais de la peine, si je n'y allais pas… Et zut.

— Bonjour, ma chérie ! On passe de si bons moments, John et moi, qu'on a décidé de rester quelques jours de plus. Tu peux passer au bureau, pour t'assurer que tout le monde travaille ? Je vais appeler Eileen, mais je crois que si tu y allais, toi aussi, ça ferait son petit effet. À bientôt ! Tu verras, j'ai un de ces bronzages !

Tout le monde, au bureau de mère, savait que je n'étais qu'un sous-fifre et rien de plus. Je ne connaissais absolument rien au secteur immobilier. Non pas que le domaine me fût complètement indifférent, mais je n'avais aucune envie de travailler à plein temps pour ma mère. J'étais heureuse qu'elle ait eu une belle lune de miel et qu'elle ait pris des vacances. De son côté, Eileen Norris, son bras droit, attendait probablement son retour avec impatience : le charme et l'énergie de ma mère étaient indispensables à la bonne marche des affaires.

— Roe, c'est Robin…

J'en eus le souffle coupé et tendis l'oreille pour ne pas perdre une miette de ce qu'il disait.

— … Je pars ce soir. Je vais en Europe pour environ trois semaines. C'est un voyage à petit budget et je n'ai rien réservé. Je ne sais pas exactement où je serai, ni quand. L'an prochain, je ne travaillerai pas à l'université parce que James Artis s'est remis de sa crise cardiaque. Alors je ne sais pas trop ce que je vais faire. Je te recontacte à mon retour. Est-ce que tu vas bien ? Comment va Arthur ?

— Il s'est marié, précisai-je au répondeur. Il en a épousé une autre.

Je fouillai mon tiroir à bazar avec frénésie.

— Où est mon carnet d'adresses ? Mais où, nom d'une pipe ! marmonnai-je.

Mes doigts affolés tombèrent soudain dessus. Prise de panique, je le feuilletai à toute vitesse pour trouver la bonne page, et composai le numéro.

La sonnerie retentit. Une fois. Deux fois.

— Allô ? fit une voix masculine.

— Robin ?

— Non, c'est Phil. Je sous-loue l'appartement de Robin. Il est parti pour l'Europe.

— Oh noooon !

— Puis-je prendre un message, demanda la voix avec tact, sans faire de commentaire sur mon cri de détresse.

— Alors il revient à cet appartement après son voyage ? Sûr et certain ?

— Absolument. Toutes ses affaires sont ici.

— Vous êtes fiable ? Vous pouvez lui donner un message dans trois semaines, ou en tout cas dès son retour ?

— Je vais faire de mon mieux, répondit la voix, amusée.

— C'est important, je vous préviens. En tout cas pour moi.

— Alors allons-y. J'ai un crayon et du papier juste là, devant moi.

— Dites à Robin... Dites-lui que Roe, R, O, E, va bien.

103

— Roe va bien, répéta docilement la voix.

— Dites-lui aussi qu'Arthur a épousé Lynn.

— Très bien, c'est noté. Autre chose ?

— Non, non merci. C'est tout. Mais c'est important qu'il le sache.

— C'est écrit sur un bloc-notes tout neuf, que j'ai baptisé « Les messages de Robin ». Je le garde là, à côté du téléphone, jusqu'à ce qu'il revienne, affirma la voix rassurante de Phil.

— Je suis désolée si je... si je vous donne l'impression que j'ai peur que vous jetiez le message à la poubelle. Mais c'est le seul moyen que j'aie d'entrer en contact avec lui.

— Oh, mais je comprends tout à fait, dit Phil avec politesse. Et je vous assure qu'il l'aura.

— Merci, j'apprécie, vraiment, terminai-je d'une voix affaiblie.

— Au revoir, conclut Phil.

— Parnell ? Aurora Teagarden à l'appareil.

— Ah. Bon. Que puis-je pour vous ?

— Madeleine est arrivée chez Jane aujourd'hui.

— Ah, cette saloperie de chat ! On la cherchait partout. Elle a disparu il y a deux jours et on se sentait vraiment mal, parce que Jane était folle de cette satanée bestiole.

— Eh bien, voilà. Elle est rentrée chez elle.

— Alors on a un problème, Aurora. Elle ne veut pas rester chez nous. On l'a rattrapée deux fois déjà, mais on ne peut pas passer notre temps à lui courir après. En plus, on part demain pour deux semaines. On va dans notre maison d'été, à Beaufort, en Caroline du Sud. On allait la ramener chez le vétérinaire, en

104

pension. Juste par précaution parce qu'en principe les animaux s'en sortent très bien tous seuls.

Tous seuls ? Le couple attendait de Madeleine, qui avait toujours été traitée comme une princesse, qu'elle chasse la souris et le poisson pendant deux semaines ?

Je lui répondis d'un ton qui dégoulinait de sarcasme.

— Ah bon ? Je ne le savais pas. Mais je crois qu'elle peut rester à la maison pendant ces deux semaines. Je lui donnerai à manger quand j'irai, et je m'occuperai du bac à litière.

— Si vous insistez, répondit Parnell, incertain. Il n'y en a plus pour longtemps, vous savez.

Elle allait mourir ? Oh, mon Dieu !

— C'est le vétérinaire, qui a dit ça ? lui demandai-je, incrédule.

Parnell confirma, tout aussi dubitatif.

— Elle est drôlement potelée, pour un animal aussi mal en point, lui fis-je remarquer.

Et soudain Parnell éclata de rire. Un grand rire, un peu rouillé, mais qui venait du fond de son être.

— Ah ça, c'est sûr ! Madeleine est très potelée, surtout pour un animal aussi mal en point, répéta-t-il en gloussant.

— Euh, bon alors je vais la garder...

— C'est ça ! Merci beaucoup ! À très bientôt, dès notre retour !

Il avait peine à retenir son hilarité et en raccrochant, je secouai la tête. N'importe quoi. Déconcertant au possible.

6

Lorsque je récupérai mon journal du dimanche sur mon pas de porte si peu fréquenté, il faisait déjà chaud. Le bulletin météo prévoyait 36 degrés pour la journée, ce que je trouvais plutôt modeste, comme estimation. Mon climatiseur était déjà à l'œuvre. Je pris une douche et avec grande réticence, tentai d'assagir mes boucles et de les lisser en mettant des rouleaux chauffants. Je me préparai du café et pris mon petit-déjeuner (une viennoiserie passée au micro-ondes) tout en m'immergeant dans le journal. Si je me lève assez tôt pour pouvoir apprécier cette lecture, j'adore le dimanche matin. J'ai tout de même quelques principes : je ne lis la rubrique mondaine que lorsque je sais que ma mère y figure. Et je refuse de lire quoi que ce soit qui concerne les tendances de la mode pour la saison prochaine. Mme Day, la mère d'Amina, tient une boutique de vêtements et je préfère nettement la laisser me diriger dans mes choix. Grâce à son influence, j'épure petit à petit ma garde-robe de bibliothécaire, éliminant mes jupes et chemisiers unis et interchangeables. Mon registre s'est élargi.

Une fois le journal mis de côté, je remontai pour laver mes lunettes sous le robinet du lavabo. Tandis qu'elles séchaient, je plissai mes yeux de myope pour étudier le contenu vestimentaire de mon armoire. Je ne savais pas comment l'amie d'un pasteur était censée s'habiller. Avec des manches longues, indubitablement. Mais il faisait bien trop chaud. Tout en chantonnant, je passai les cintres en revue. Mignonne, mais modeste... Voilà, c'était cela, que je devais projeter. Pourtant, à presque trente ans, « mignonne » ne correspondait peut-être pas totalement à l'effet voulu.

Tout à coup, je fus prise d'un délicieux vertige, à imaginer tous les vêtements que j'allais pouvoir m'offrir grâce à mon héritage. Je dus me secouer un peu pour retomber sur terre et reprendre mes recherches. Ah ! Une robe-chemisier sans manches à la jupe ample, bleu marine parsemée de grosses fleurs blanches, avec un col et une ceinture assortis. La tenue parfaite, que je compléterais de mes sandales et de mon sac, blancs également.

Une fois maquillée et habillée, je remis mes lunettes pour étudier le résultat. Mes cheveux s'étaient calmés et me donnaient une allure presque conventionnelle, tandis que mes talons allongeaient joliment mes jambes. Ils me faisaient pourtant un mal de chien et ma tolérance pour ce genre de carcan expirerait dès la fin du service.

Je sortis ensuite aussi rapidement que le permettaient mes sandales et franchis le patio, puis le portail, avant de gagner ma voiture, sous l'auvent qui abritait tous les véhicules de la résidence. J'ouvris la

108

portière en grand pour libérer le souffle brûlant de l'habitacle. Après un moment, je m'installai au volant et déclenchai la climatisation au démarrage – j'avais travaillé dur et je n'avais aucune intention de me montrer à l'église épiscopale avec le visage ruisselant de sueur.

Un placeur me tendit un bulletin et je me trouvai un siège, à une distance de la chaire soigneusement calculée. Un couple entre deux âges était assis à l'autre bout du rang. Ils m'observèrent ouvertement en m'adressant de grands sourires de bienvenue. Je leur souris en retour avant de me plonger dans les instructions édictées par le missel. Soudain, un accord de musique annonça l'entrée de la procession dominicale : pasteur, enfant de chœur, lecteur et chorale. Toute l'assemblée se leva.

Aubrey était absolument magnifique, dans sa tenue sacerdotale, et je me laissai aller à un doux rêve éveillé, dans lequel j'étais l'épouse du pasteur. Je trouvais incroyable de penser que j'avais embrassé l'homme qui menait le culte. Très rapidement, les complexités du missel m'occupèrent l'esprit, supplantant Aubrey : les épiscopaliens ne risquent pas de s'endormir pendant l'office. Ou alors, ils font des microsiestes. On se lève et on s'assoit, on serre la main de son voisin, on répond, on remonte l'allée centrale vers l'autel pour communier... Bref, il y a de l'action. Ce n'est pas un sport de spectateur, comme dans certaines églises. Et je m'y connais, car les églises de Lawrenceton, j'y suis allée à presque toutes.

Lorsque vint le moment du prêche d'Aubrey, je prêtai une oreille attentive, sachant que je serais certainement amenée à faire un commentaire intelligent sur le sujet. C'était d'ailleurs un excellent sermon, qui soulignait le fait que dans les affaires aussi, il était important de se conformer à certains principes religieux de bonne conduite, tout autant que dans des relations d'ordre privé. Je remarquai avec plaisir qu'Aubrey n'éprouvait pas le besoin de faire des parallèles avec le monde du sport. En allant communier, je baissai les yeux modestement et m'efforçai de penser à Dieu plutôt qu'à Aubrey lorsqu'il me tendit l'hostie.

Alors que nous étions tous en train de replier nos prie-Dieu, j'aperçus l'un des couples qui avaient échangé quelques mots avec Aubrey alors que nous attendions devant le cinéma. Ils m'adressèrent un sourire et un signe de main puis se mirent à parler à voix basse au couple de ma rangée. Des sourires encore plus radieux fusèrent de toutes parts et le couple du cinéma me présenta au couple de ma rangée, qui me mitrailla de questions, afin de détenir toute l'exclusivité sur la chérie du pasteur.

J'avais un peu l'impression de les tromper, car nous n'avions eu qu'un seul rendez-vous. Je regrettais presque d'être venue. Cependant, Aubrey me l'avait demandé et j'avais apprécié le culte. J'allais devoir payer ce moment agréable car la sortie s'annonçait rude : la foule se pressait pour serrer la main d'Aubrey et bavarder un instant avec lui.

Enfin, ce fut mon tour.

— Quel sermon formidable ! m'exclamai-je avec sincérité.

Il prit ma main un instant et la serra brièvement avant de la relâcher. Un geste parfaitement exécuté

110

qui me prouvait qu'il m'accordait une attention toute particulière, sans pour autant s'imposer.

— Merci. Et merci d'être venue. Si vous êtes chez vous cet après-midi, je vous appelle.

— Si je ne suis pas là, laissez-moi un message. Je vais peut-être passer à la maison.

Il savait que je voulais parler de la maison de Jane et acquiesça avant de s'adresser à la vieille dame derrière moi.

— Ah, bonjour Laura ! Alors, vos douleurs, ça va mieux ?

En quittant le parking, je ressentais une certaine déception. J'avais espéré qu'Aubrey m'inviterait à son déjeuner dominical, un événement très important à Lawrenceton. Ma mère m'invitait toujours, si elle se trouvait chez elle. Je me demandais si elle perpétuerait cette tradition lorsqu'elle reviendrait de sa lune de miel avec John. Ce dernier étant membre du country club, il voudrait certainement y inviter mère, le dimanche.

Arrivée chez moi, je me sentais affreusement déprimée, à tel point que la vision de mon répondeur, dont le voyant clignotait, suffit à me remonter le moral.

— Salut Roe, c'est Sally Allison. Ça fait un moment ! Dis-moi, qu'est-ce que c'est que cette histoire d'héritage ? Viens donc déjeuner avec moi aujourd'hui, si ce message n'arrive pas trop tard. Sinon, appelle-moi quand tu peux, et on essaie de se voir.

J'ouvris mon petit carnet à la page des A pour trouver son numéro, que je composai aussitôt.

— Allô ?

— Bonjour Sally, je viens juste d'écouter ton message.

— Super ! Ta mère n'est toujours pas revenue, alors tu es libre pour le déjeuner, si je ne me trompe.

Sally savait toujours tout.

— C'est le cas. Tu pensais à quoi ?

— Viens chez moi. Je m'ennuyais tellement que j'ai préparé un rôti de bœuf, des pommes de terre au four et une salade. Autant partager tout ça.

Sally vivait seule – un de nos points communs. Divorcée, elle avait une quinzaine d'années de plus que moi.

— Il faut que je me change, j'ai mal aux pieds. Je serai là dans vingt minutes.

— Alors mets ce qui te tombe sous la main. Moi, je porte mon short le plus vieux.

— OK, à plus tard !

Je retirai la robe bleu et blanc d'un seul geste et me débarrassai de mes instruments de torture. Puis j'enfilai un short vert olive, un haut imprimé jungle et mes sandales mexicaines. J'arrivai chez Sally en vingt minutes, comme promis.

Sally était journaliste. Très jeune, elle s'était enfuie pour se marier. Le bref épisode conjugal lui avait donné un fils, qu'elle avait élevé seule, et une réputation à reconstruire. Elle était douée dans sa branche. Environ un an plus tôt, elle avait entretenu l'espoir que sa série d'articles sur les multiples assassinats de Lawrenceton lui attirerait des propositions intéressantes à Atlanta. Mais ce n'était pas arrivé. Sally était animée d'une curiosité insatiable et connaissait tout le monde en ville. Il était de notoriété publique que si l'on voulait connaître la vérité sur quoi que ce soit, c'était vers elle qu'il fallait se tourner. Nous avions toutes les deux fréquenté le club des Amateurs de meurtres et en tant qu'amies, cela nous avait causé des hauts et des bas. Elle avait connu les moments les plus difficiles lorsqu'elle avait tenté de se faire un nom à l'échelon national, ou du moins régional. Elle avait sacrifié beaucoup sur l'autel de la renommée et avait longtemps souffert de son échec. Elle s'était cependant remise et barbotait comme jamais dans les coulisses du pouvoir de Lawrenceton. Ses papiers ne lui avaient pas valu d'être hissée plus haut. Malgré tout, ils lui accordaient un certain pouvoir à Lawrenceton même.

J'avais toujours vu Sally tirée à quatre épingles. Elle s'habillait très bien, dans des tailleurs et des chaussures coûteux, qui lui duraient d'ailleurs très longtemps. En arrivant chez elle, je constatai que Sally faisait partie de ces femmes qui misent tout sur leur apparence. Sa petite maison n'était pas tout à fait aussi jolie que celle de Jane, dans un quartier où les pelouses n'étaient pas tout à fait aussi bien entretenues. Aucun abri ne protégeait la splendeur poussiéreuse de sa voiture, qui n'avait pas été lavée depuis des semaines – il devait y faire aussi chaud que dans un four. La maison, elle, était assez fraîche. Sans avoir de climatisation centralisée, elle était cependant dotée d'appareils aux fenêtres. Ils projetaient des jets d'air glacé qui auraient presque pu geler la transpiration sur mon front.

Sally était impeccablement coiffée, comme d'habitude, et chacune de ses boucles bronze était en place. Au lieu de ses ensembles stricts et classiques, elle portait un vieux jean coupé en guise de short, ainsi qu'une chemise de travail usée.

— Mais qu'est-ce qu'il fait chaud ! s'exclama-t-elle en m'invitant à entrer. Heureusement que je ne travaille pas aujourd'hui !

— Effectivement, on est mieux au frais.

Je regardai autour de moi avec curiosité. Je n'étais jamais venue ici. De toute évidence, la décoration intérieure ne préoccupait aucunement Sally. Elle avait recouvert fauteuils et canapé de vilains plaids qui produisaient un effet tout à fait regrettable. La table basse, plus que quelconque, affichait des ronds disgracieux. Mon œil exercé me criait que l'ensemble avait besoin d'être refait de toute urgence. La bibliothèque, toutefois, regorgeait de livres sur le crime organisé dont Sally raffolait. Et les parfums qui flottaient dans l'air en provenance de la cuisine me mettaient l'eau à la bouche.

Je savais que j'allais devoir payer mon déjeuner en nature : en donnant des informations. J'étais certaine que cela en valait la peine.

— Waouh, ça sent drôlement bon ! Quand est-ce qu'on mange ?

— Je suis en train de faire la sauce. Viens avec moi pendant que je la termine. Comme ça, on pourra parler. Tu veux une bière ? J'en ai de la superfraîche.

— Je veux bien ! « Superfraîche », ça me plaît tout à fait !

— Tiens, prends d'abord de l'eau glacée, pour la soif, et après, de la bière, pour le plaisir.

J'avalai l'eau en quelques goulées et dévissai le bouchon de ma bière. En avalant ma première gorgée, je fermai les yeux. Le reste de l'année, je ne bois pas de

114

bière. Mais en été, dans le Sud, la bière devient une évidence. Très, très fraîche. Je laissai échapper un gémissement de plaisir.

— Moi aussi, ça me fait le même effet. Si je m'écoutais, je boirais un pack de six en un rien de temps.

— Je peux t'aider ?

— Non, je crois que j'ai tout fait. Dès que j'aurai terminé la sauce – oops, et les petits pains ? C'est bon, ils sont tout dorés –, on passe à table. J'ai sorti le beurre ?

Je jetai un coup d'œil juste à côté de nous. Mon Dieu que Sally devait avoir chaud ici...

— Il est sur la table.

— Alors on y va : rôti, petits pains, pommes de terre au four, salade, et, pour le dessert...

Sally souleva une cloche d'un grand geste.

— ... un gâteau Red Velvet[1] !

— Sally ! Quelle inspiration ! Je crois bien que je n'en ai pas mangé depuis au moins dix ans.

— C'est la recette de ma mère.

— Celles de nos mères sont toujours les meilleures. Sally, tu es formidable.

C'était un compliment typique du Sud, qui aurait pu signifier tout un tas de choses. J'étais cependant sincère. Je ne cuisine que très rarement si je suis seule. Je sais que les célibataires sont censés se faire des repas complets, mettre la table et se comporter comme s'ils avaient de la visite. Le font-ils vraiment ? Je n'en sais rien. Mais quand je prépare un bon repas,

1. Le Red Velvet est un gâteau au chocolat très populaire aux États-Unis et dont la teinte rouge est due à l'emploi de colorants alimentaires ou de jus de betterave rouge. Son nom signifie littéralement « velours rouge ».

j'ai envie, tout comme Sally, de le partager avec quelqu'un.

— Alors, qu'est-ce que j'entends ? On s'intéresse aux ecclésiastiques, maintenant ?

Déjà prête à porter le coup fatal ?

— Mais Sally ! Tu es supposée attendre que j'aie mangé quelque chose !

Le rôti serait-il à la hauteur ?

— Alors ?

— Oh, tu sais, ce n'est rien. J'ai passé une soirée avec Aubrey Scott, et nous sommes allés au cinéma. Nous avons passé un bon moment, et il m'a demandé de venir à l'office aujourd'hui. C'est ce que j'ai fait.

— Tiens donc ! Il était comment, son sermon ?

— Vraiment très bien. Il est très fin, cet homme-là.

— Tu l'aimes bien, non ?

— Je l'aime bien. Et c'est tout. Et toi, Sally, tu sors avec quelqu'un en particulier ?

Sally passait tellement de temps à interroger les autres qu'on ne lui posait pratiquement jamais de question. Manifestement, je lui avais fait plaisir.

— Eh bien, il se trouve que oui.

— Je meurs d'impatience.

— Ça va te sembler bizarre, mais je sors avec Paul Allison.

— Le frère de ton mari ?

— Celui-là même.

Elle secouait la tête, comme abasourdie par sa propre folie.

— Tu viens de m'achever.

Paul Allison était un policier. Un lieutenant qui avait environ dix ans de plus qu'Arthur. Si ma mémoire était bonne, Arthur et Lynn ne l'appréciaient guère.

C'était un solitaire, un homme qui ne s'était jamais marié et ne s'était pas non plus intégré à l'atmosphère de franche camaraderie qui régnait dans la police.

Il avait des cheveux qui commençaient à se clairsemer, de larges épaules, un regard bleu intelligent et un petit début de rondeur sur le ventre. À l'époque où j'étais avec Arthur, je l'avais souvent vu à des soirées, mais jamais en compagnie de Sally.

— Depuis combien de temps ça dure ?

— Dans les cinq mois. On est venus au mariage d'Arthur et Lynn et j'ai essayé de te parler, mais tu as quitté l'église trop vite et je ne t'ai pas vue à la réception...

— Je suis rentrée : j'avais un mal de tête épouvantable. J'ai bien cru que c'était une grippe.

— Oh, tu n'as pas raté grand-chose. La réception n'avait rien d'exceptionnel. Jack Burns a bu un verre de trop, et il a voulu arrêter l'un des serveurs. Il s'est souvenu qu'il l'avait déjà été pour une histoire de drogue.

En entendant cette délicieuse anecdote, je me sentis encore plus soulagée de ne pas être restée.

— Comment va Perry ?

Je posai la question par pure courtoisie. Je n'avais pas vraiment envie d'évoquer ce pauvre Perry, son fils malade.

— C'est gentil de le demander. La plupart des gens n'osent pas, parce qu'il a un problème mental et qu'ils ont peur de ça. Mais moi, j'ai envie qu'on me pose la question. Je vais le voir toutes les semaines. Je ne veux pas que les gens oublient qu'il existe. Tu sais, Roe, pour eux, c'est comme s'il était mort !

— Je suis vraiment désolée, Sally.

— En tout cas, merci de t'en préoccuper. Il va mieux, mais il n'est pas encore prêt à sortir. Peut-être d'ici deux ou trois mois. Paul m'accompagne pour la visite, maintenant. Ça fait deux ou trois fois déjà.

— Il doit t'aimer très fort, Sally.

Je me sentais émue. À mes paroles, son visage s'éclaira.

— Eh bien, tu sais quoi ? Je crois bien que oui. Allez, prends ton assiette et viens par ici.

Comme elle, je me servis directement dans les plats qui se trouvaient sur la cuisinière – ce qui me convenait parfaitement –, avant de beurrer mes petits pains. Après une courte prière, nous nous jetâmes toutes les deux sur la nourriture, comme si nous étions affamées.

Après avoir fait tous les compliments d'usage à Sally pour sa cuisine, je changeai de sujet.

— J'imagine que tu voudrais que je te parle de la maison de Jane...

— Oops. Je suis aussi peu subtile que ça ? Bon, c'est vrai, j'ai entendu des choses, et tu sais que les rumeurs vont vite. J'ai pensé que tu préférerais m'en parler directement pour me donner la bonne version. Ça leur clouerait le bec.

— Tu sais, je crois que tu as raison. Je préférerais que ce soit la véritable histoire qui circule. Je me demande qui a déclenché les ragots ?

— Eh bien, euh...

J'avais compris.

— Parnell et Leah Engle !

— Gagné.

— Très bien. Alors écoute-moi bien, Sally, je vais te donner une exclu. Ce n'est pas intéressant pour ton journal, mais comme tu vois tout le monde, tu pourras leur dire la vérité, que tu auras entendue en *direct live* !

— Je suis tout ouïe, m'assura-t-elle, pince-sans-rire.

Je lui racontai mon histoire, soigneusement épurée naturellement, et sans révéler le montant du solde sur le compte courant.

— Toutes ses économies aussi ? s'exclama-t-elle avec envie. Tu as une chance de dingue ! Et ça fait beaucoup ?

Une folle jubilation s'empara de moi comme chaque fois que j'oubliais le crâne et que je repensais à l'argent. Je hochai la tête en souriant jusqu'aux oreilles.

Elle ferma les yeux pour apprécier la joie que l'on devait ressentir à recevoir une fortune inattendue.

— C'est fabuleux, fit-elle d'un ton rêveur. Je suis heureuse, rien que de connaître quelqu'un à qui c'est arrivé. C'est comme de gagner au loto.

— Sauf que Jane est morte.

— Oh arrête, elle était vieille comme Mathusalem !

— Pas si vieille que ça, tu sais. On vit plus vieux, de nos jours. Elle avait dans les soixante-dix ans, c'est tout.

— Oui, eh bien, c'est vieux quand même. Moi, je ne vivrai pas aussi longtemps.

— J'espère bien que si, répondis-je d'un ton égal. Parce qu'il faut que tu me fournisses en petits pains, de temps en temps.

Ensuite, Paul Allison occupa de nouveau notre conversation, pour le plus grand plaisir de Sally. Puis je lui demandai des nouvelles de Macon Turner, son patron.

— Il paraît qu'il sort avec Carey Osland, ma nouvelle voisine, annonçai-je d'un ton dégagé.

Sally hocha la tête et prit un air entendu.

— Effectivement, et ça ne date pas d'hier. Ces deux-là, c'est du passionnel. Cette Carey… Elle plaît beaucoup aux hommes. Elle a un sacré passé.

C'était bien ce qu'il m'avait semblé.

— Ah bon ?

— C'est le moins qu'on puisse dire. Son premier mari, c'était Bubba Sewell, à l'époque ou il n'était qu'un petit avocaillon à peine diplômé. Ça, ça n'a pas marché et elle a épousé Mike Osland. Et qu'est-ce qui se passe ? Mike sort un soir pour acheter des couches, et il ne revient pas. Tout le monde était désolé pour elle, moi y compris, parce que je me suis retrouvée dans la même situation. Mais en même temps, je me dis qu'il avait peut-être des raisons de la quitter.

En un éclair, mes neurones relevèrent la tête et creusèrent les scénarios possibles. Le mari de Carey avait tué l'amant de Carey, avant de s'enfuir. Dans la catégorie amant, nous avions Mark Kaplan, le locataire disparu des Rideout, ou un inconnu. Autre solution : il était possible que Mike Osland soit le crâne. Et dans ce cas, c'était l'amant de Carey qui l'avait mis dans cet état. Ou Carey elle-même.

— J'ai l'impression que c'est une bonne maman, fis-je remarquer en toute équité.

— Eh bien, je me demande ce qu'elle lui dit, à sa petite fille, quand elle reçoit son visiteur pour la nuit, rétorqua Sally en se servant du rôti.

Je n'appréciais pas le tour que prenait la conversation.

120

— En tout cas, elle est venue m'accueillir en tant que voisine et je l'ai trouvée très gentille, déclarai-je d'un ton suffisamment sec pour indiquer qu'il serait judicieux de changer de sujet.

Elle me lança un bref regard pensif avant de me proposer de me resservir.

— Non merci, répondis-je avec un soupir de contentement. Je me suis régalée.

— Je dois dire que depuis qu'il est avec Carey, Macon est bien plus agréable, au travail, reprit Sally, un peu brusque. Il a commencé à la fréquenter après le départ de son fils, et je crois que ça l'a beaucoup aidé à s'en remettre. Peut-être que Carey a su comment le soutenir justement parce qu'elle avait vécu un abandon, elle aussi.

— Un fils ?

De mémoire, mère n'avait jamais mentionné de fils, à l'époque où elle sortait avec Macon.

— Il a un garçon, qui doit avoir la vingtaine ou presque. Macon est venu dans la région après son divorce, et son fils l'a suivi. C'était il y a environ sept ans, il me semble. Après quelques mois, le gamin – Edward, je crois – a décidé qu'il allait prendre les économies que sa mère lui avait données et larguer les amarres. Il a dit à Macon qu'il allait en Inde, ou je ne sais plus où. Pour méditer, ou acheter de la drogue, là c'est pareil, je ne sais plus. Un truc incroyable en tout cas. Évidemment, Macon était effondré, mais il n'a rien pu faire. Pendant quelque temps, le gosse a écrit ou appelé, une fois par mois. Puis il s'est arrêté. Et Macon n'a plus jamais eu de nouvelles de son enfant.

J'étais horrifiée.

— C'est affreux, ça ! Qu'est-ce qui a bien pu lui arriver, à ce garçon ?

Sally secoua la tête d'un air pessimiste.

— Tout et n'importe quoi, surtout dans un pays de ce genre, dont il ne parlait même pas la langue.

Pauvre Macon.

— Macon est parti là-bas ?

— Il en a parlé, pendant quelque temps. Puis il a écrit au département d'État et ils lui ont déconseillé d'y aller. Il ne savait même pas où se trouvait Edward quand il a disparu. Après sa dernière lettre, il a pu aller n'importe où. Je me souviens que quelqu'un, à l'ambassade, est allé voir au dernier endroit d'où son fils a écrit. D'après ce qu'on lui a dit, c'était un hôtel sordide, fréquenté par une tonne d'Européens. Personne ne se souvenait d'Edward – ou du moins, c'est ce qu'ils ont dit.

— C'est vraiment terrible.

— On ne peut pas dire le contraire. Pour moi, c'est encore pire que le fait que Perry soit interné. Vraiment. Au moins, moi, je sais où il est.

Je fixai ma bouteille de bière sans la voir. J'avais désormais une personne disparue de plus. La housse rose de ma mère contenait-elle une partie des restes d'Edward Turner ? Macon avait raconté à tout le monde qu'il avait reçu des nouvelles de son fils depuis son départ. Logiquement par conséquent, Macon était le meurtrier.

On aurait dit un mauvais feuilleton.

— Ne ratez pas le prochain épisode... murmurai-je.

— Tu as raison, c'est un vrai feuilleton, approuva Sally. Version tragique.

Il était temps pour moi de partir. Je prononçai toutes les formules de politesse attendues et pris congé. J'avais grandement apprécié le déjeuner, et la compagnie de Sally s'était avérée intéressante. Parfois même passionnante. Nous avions passé un bon moment toutes les deux.

Après avoir quitté Sally, je me souvins que je devais passer nourrir Madeleine. Je m'arrêtai en chemin à l'épicerie pour prendre des boîtes et de la litière, et je compris soudain que l'histoire avait pris un tour assez permanent, malgré le prétexte du séjour de deux semaines pendant les vacances des Engle en Caroline du Sud.

En fait, j'avais un animal de compagnie.

Et je ressentais même du plaisir à l'idée de retrouver Madeleine.

Arrivée à la maison de Jane, je tournai la clé d'une main, l'autre étant occupée par les sacs de courses.

— Madeleine ?

Aucun dictateur doré et tout ronronnant ne vint à ma rencontre.

— Madeleine ?

Avait-elle réussi à sortir ? La porte de derrière était fermée à clé. Les fenêtres étaient fermées. Je vérifiai la chambre d'amis, puisque le cambrioleur était entré par là, mais le nouveau carreau était intact.

— Minou, minou ? appelai-je tristement.

Brusquement, je perçus un bruit. Soudain terrifiée, je me glissai avec appréhension dans la chambre de Jane. J'entendis de nouveau un miaulement étrange. On avait fait du mal à Madeleine ? Je me mis à trembler. J'étais sûre que j'allais découvrir une horreur.

J'avais laissé la porte du placard entrouverte et le son provenait de là. Les mâchoires serrées, retenant mon souffle, j'ouvris le battant à toute volée.

Apparemment indemne, Madeleine était là, nichée dans le vieux peignoir de Jane, qui était tombé alors que je faisais les cartons. Elle était étendue sur le côté et poussait.

Elle était en train de donner naissance à des chatons.

— Oh non, pas ça ! Merde !

Je me laissai tomber sur le lit. Madeleine me fusilla de son regard doré avant de se remettre au travail.

— Mais pourquoi ça tombe sur moi ?

Madeleine, elle aussi, se posait probablement la même question.

J'effectuai soudain un changement de vitesse radical. La situation était intéressante, finalement. Madeleine s'offusquerait-elle si je restais ici ? Apparemment pas : lorsque je m'assis sur le sol devant le placard pour lui tenir compagnie, elle ne broncha pas.

J'avais maintenant compris l'hilarité de Parnell lorsque j'avais accepté de m'occuper de Madeleine. Il savait très bien qu'elle attendait des petits.

Je me demandais si je pouvais estimer que Parnell et moi étions quittes à présent. Peut-être bien que oui, car Madeleine avait déjà eu trois chatons et semblait ne pas en avoir terminé.

Tandis que j'attendais tout en observant ce qui se passait, je me répétais sans cesse que j'assistais là au miracle de la vie. Le spectacle n'était tout de même pas terriblement appétissant. Je compatissais tout à fait au sort de Madeleine. Elle poussa une dernière fois et un minuscule chaton visqueux fit son entrée dans le monde. J'espérais sincèrement qu'il s'agissait du dernier et qu'il n'y aurait aucune complication, car j'aurais été bien incapable d'aider Madeleine. Après quelques minutes, j'eus l'impression que mes vœux avaient été exaucés. La chatte se mit à nettoyer les petits êtres sans défense, qui restaient étendus là, les yeux fermés, esquissant de temps à autre de petits mouvements à peine perceptibles.

Son travail désormais achevé et accompli avec bravoure, Madeleine me toisa d'un air las et supérieur. Elle devait avoir soif. Je posai eau et nourriture à côté d'elle. Elle se leva bientôt et se désaltéra, mais délaissa la pâtée. Puis elle s'installa de nouveau avec ses bébés. Elle semblait calme et comblée. Rassurée sur son sort, je la quittai et gagnai le séjour. Je me demandais bien ce que j'allais pouvoir faire de quatre petits chats. Sur une étagère à part, je trouvai plusieurs livres traitant des chats. Une lecture tout indiquée...

Juste au-dessus de l'étagère consacrée aux chats se trouvait celle dédiée à Madeleine Smith, l'empoisonneuse écossaise, à savoir la meurtrière préférée de Jane. Tous les anciens membres du club se passionnaient pour un ou deux criminels en particulier. Le nouvel époux de ma mère était un expert sur Lizzie Borden[1]. Pour ma part, je m'intéressais particulièrement à Jack l'Éventreur[2]. J'étais loin cependant d'être une véritable « Ripperologue ».

---

1. Lizzie Borden fut acquittée en 1893 du meurtre de son père et de sa belle-mère, tués à leur domicile à coups de hache, dans le Massachusetts. L'affaire ne fut jamais résolue et reste célèbre dans tout le pays.
2. Jack l'Éventreur est la traduction française du pseudonyme anglais « Jack the Ripper ».

Jane avait toujours été une grande enthousiaste de l'affaire Madeleine Smith. Cette dernière avait été relâchée après son procès, sauvée par le verdict écossais : « non prouvé », qui prenait ici tout son sens. Il était pratiquement certain qu'elle ait empoisonné son ancien amant perfide, un simple employé, pour pouvoir épouser le parti respectable qu'on lui avait réservé dans son propre milieu, la haute bourgeoisie. Son amant, L'Angelier, avait en effet menacé de révéler l'existence de leurs relations intimes. À mon sens, le poison correspond à la vengeance et relève d'un mode opératoire étrangement secret. Le malheureux bougre avait réussi à se convaincre qu'il avait affaire à une fille ordinaire. L'ardeur physique qu'elle avait manifestée, surtout à cette époque-là, aurait dû lui faire prendre conscience que Madeleine était un être profondément passionné. Son nom et sa réputation invoquaient chez elle tout autant de passion. Elle n'avait pas supporté l'idée de les voir salis. L'Angelier l'ayant menacée d'envoyer à son père certaines de ses lettres d'amour particulièrement explicites, Madeleine fit semblant de se réconcilier avec lui, avant de glisser de l'arsenic dans sa tasse de chocolat.

Désœuvrée, je sortis l'un des livres sur Smith pour le feuilleter. Il s'ouvrit automatiquement. Un post-it jaune était collé en haut de la page et portait un message.

Je reconnus immédiatement l'écriture de Jane :

« Ce n'est pas moi. »

7

Ce n'est pas moi.

La première chose que je ressentis fut un soulagement intense. En retour de tout ce qu'elle m'avait légué, Jane ne m'avait pas abandonnée avec la responsabilité d'un meurtre qu'elle aurait commis.

Cependant, elle m'avait bien attribué la tâche de dissimuler un meurtre, comme elle l'avait fait elle-même, pour des raisons qui m'échappaient totalement.

Je m'étais imaginé qu'il me faudrait simplement déterminer à qui appartenait ce crâne. Je devais désormais découvrir qui l'avait perforé.

Ma position s'était-elle améliorée ? Après quelques instants de réflexion, j'en conclus que non. Ma conscience était sans doute un peu plus légère, mais rien de plus. Il me serait plus facile d'aller voir la police, car je n'allais pas accuser Jane d'avoir commis un meurtre. Néanmoins, elle était impliquée dans l'affaire, d'une façon ou d'une autre. Situation inextricable…

Pour la énième fois (et certainement pas la dernière), je regrettai de ne pas avoir cinq minutes de conversation avec Jane Engle, la bienfaitrice qui m'avait gracieusement confié une si lourde charge. Je m'efforçai de repenser à l'argent pour me remonter le moral. Bientôt, je serais autorisée à en dépenser sans consulter Bubba Sewell au préalable.

Pour être honnête, j'étais toujours ravie d'avoir reçu cette jolie fortune. J'avais lu tant de romans policiers dans lesquels le détective privé renvoyait son chèque d'honoraires parce que son client n'était pas un gentil, ou que la mission qu'on lui avait confiée allait à l'encontre de son code de l'honneur. Jane m'avait intentionnellement légué cet argent pour que j'en profite. Elle avait également souhaité que je la garde dans mes souvenirs. Eh bien, je repensais à elle tous les jours, et j'avais bien l'intention de profiter de la vie. Entre-temps, j'avais un mystère à résoudre.

J'étais pratiquement certaine que Bubba devait savoir quelque chose. Pouvais-je requérir ses services et lui demander officiellement son avis ? Le secret professionnel s'appliquerait-il, si je lui avouais que j'avais trouvé et déplacé le crâne ? Ou au contraire, la déontologie voudrait-elle qu'il dévoile ma petite infraction ? J'avais lu de nombreux romans qui débattaient sur ce point, mais tout se mélangeait dans mon esprit. D'autre part, les lois devaient varier d'un État à l'autre.

Pourrais-je me tourner vers Aubrey ? Serait-il obligé d'en parler à la police ? Aurait-il des conseils pratiques à me donner ? J'étais à peu près certaine qu'il me conseillerait d'emporter le crâne au poste de police, là, maintenant, tout de suite. Je dissimulais la mort de quelqu'un qui avait disparu depuis au moins trois ans. Quelqu'un, quelque part, avait besoin de savoir que cette personne était décédée. Et si c'était le fils de Macon Turner ? Macon avait cherché Edward pendant très longtemps. Les lettres de son garçon pouvaient très bien être des faux. C'était peu probable, mais possible. Il serait inhumain de cacher la vérité à Macon.

Sauf si c'était Macon qui avait troué le crâne.

Pendant toutes ces années, Carey avait cru que son mari l'avait quittée. Il était indispensable qu'elle sache qu'on l'avait empêché de rentrer chez lui avec ses couches.

Sauf si c'était Carey qui l'en avait empêché.

Marcia et Torrance Rideout avaient besoin de savoir que leur locataire ne s'était pas volontairement soustrait à l'obligation de payer son loyer.

Sauf si c'étaient eux qui avaient résilié son bail.

Je me levai d'un bond et gagnai la cuisine d'un pas décidé pour me préparer quelque chose. N'importe quoi. J'avais le choix, avec toutes ces conserves et ces paquets. Je me décidai pour un pot de beurre de cacahuètes, dans lequel j'enfonçai rageusement une cuillère. Puis je m'installai au comptoir pour me régaler.

Il était capital de faire toute la lumière sur un meurtre. D'atteindre la vérité. Etc.

Puis une pensée me frappa : l'inconnu qui s'était introduit ici à la recherche du crâne était l'assassin.

Concept plutôt désagréable. J'en eus des frissons dans le dos.

Petit à petit, la pensée progressa dans les méandres de mon cerveau : le meurtrier se demandait si j'avais trouvé le crâne. Et ce que j'allais en faire.

— Pas bon, ça, marmonnai-je. Vraiment pas bon du tout.

Merveilleusement constructif, comme mode de pensée...

Je décidai de reprendre de zéro.

Bien. Jane avait assisté à un meurtre. Ou alors, elle avait vu quelqu'un en train d'enterrer un corps. Pour qu'elle soit entrée en possession du crâne, elle savait obligatoirement où se trouvait le cadavre.

Pourquoi ne l'avait-elle pas dit à la police immédiatement ?

Aucune idée.

Pourquoi s'était-elle emparée du crâne ?

Aucune idée.

Pourquoi attendre le décès de Jane pour venir chercher le crâne, alors qu'elle le détenait manifestement depuis plusieurs années ?

Réponse possible : le meurtrier n'était pas absolument convaincu que Jane l'ait eu en sa possession.

Je me représentai quelqu'un qui aurait commis un crime passionnel et qui, affolé, aurait caché le corps. Revenant plus tard, il aurait découvert que le crâne avait disparu, en même temps que les indices de la perforation causée par le coup fatal, et les dents, qui le rendaient identifiable. Quelqu'un avait pris la peine de déterrer le corps, et l'assassin ne savait pas qui.

Tout à fait affreux. J'avais presque pitié de lui en pensant à sa peur, sa terreur, son incertitude insupportable.

Je me secouai soudain. C'était du crâne que je devrais avoir pitié.

Où Jane avait-elle vu le meurtre ?

130

Dans son jardin de derrière. Elle devait savoir exactement où le cadavre avait été enterré. Il était impératif qu'elle ait eu tout le temps de le déterrer sans risquer d'être interrompue. Elle ne pouvait pas avoir transporté le crâne sur une grande distance. Que Jane soit ou non la coupable, le raisonnement que j'avais échafaudé quelques jours plus tôt tenait toujours : le crime avait eu lieu dans cette rue, à l'une de ces adresses, là où Jane avait pu en être témoin.

Je me rendis donc dans le jardin de derrière.

Je me retrouvai devant les deux bancs de ciment qui flanquaient le bain des oiseaux. Jane m'avait raconté à quel point elle aimait s'y installer le soir. Elle était fière de me dire qu'elle était capable de demeurer parfaitement immobile. À tel point que les oiseaux venaient se percher devant elle sur le rebord du petit bassin. Je me demandais si Madeleine avait accompagné Jane dans ces moments-là. Avant de repousser l'idée aussitôt. Jane avait été bien des choses, et j'en découvrais tous les jours. Mais elle n'avait pas été sadique au point d'inviter Madeleine à chasser le passereau à côté d'elle.

Je m'assis sur l'un des bancs, le dos tourné à la maison de Carey Osland. Je voyais clairement presque toute la terrasse des Rideout. Marcia et son maillot rouge ne s'y trouvaient pas. J'apercevais également leur ancien potager, ainsi qu'une partie de leur pelouse. Le fond de leur jardin était masqué par les buissons du mien. Au-delà du terrain des Rideout, je discernais une petite section de celui de Macon Turner, encombré par un fouillis d'arbustes étoffés et de hautes herbes. Je reviendrais à la nuit tombée, pour savoir si les fenêtres de ces maisons étaient visibles d'où je me tenais.

Il faisait chaud et j'avais l'estomac plein. Je glissai dans une sorte de transe, déplaçant mentalement mes personnages dans leurs jardins et leur faisant adopter différentes postures menaçantes et criminelles.

— Qu'est-ce que tu fais ? me demanda une voix curieuse, derrière moi.

Je sursautai violemment en me retournant.

Une petite fille m'observait. Elle devait avoir sept ou huit ans, ou même peut-être un peu plus, et portait un short et un tee-shirt rose. Elle avait des cheveux bruns et souples, qui lui arrivaient au menton, et de grands yeux sombres cerclés de lunettes.

— Je réfléchis, lui répondis-je, un peu tendue. Et toi, que fais-tu ?

— Ma maman m'a envoyée pour t'inviter à boire un café avec elle.

— Et qui est ta maman ?

À l'idée qu'on puisse ne pas connaître sa mère, elle pouffa de rire.

— C'est Carey Osland. Dans cette maison, là-bas.

Elle croyait manifestement que j'étais simple d'esprit.

Le jardin Osland était pratiquement dénué de plantations et de cachettes potentielles. Il comportait un portique et un bac à sable. La rue de l'autre côté de la maison était parfaitement apparente.

C'était pour cette enfant que son père était parti acheter des couches et n'était jamais revenu.

— D'accord, je viens avec toi. Comment t'appelles-tu ?

— Linda. Allez viens.

132

Je suivis donc Linda Osland chez elle, tout en m'interrogeant sur ce que sa mère pouvait bien avoir à me dire.

Un peu plus tard, j'en vins à estimer que Carey faisait simplement preuve d'hospitalité.

La veille, elle était allée chercher Linda qui revenait de son camp. Elle avait passé le dimanche matin à laver les shorts et les tee-shirts incroyablement crasseux de sa fille et à écouter toutes ses histoires. Elle avait maintenant besoin d'un peu de compagnie adulte. Macon, m'informa-t-elle, était au country club en train de faire du golf. Elle me parlait comme s'il était naturel pour elle de savoir où il se trouvait à tout moment, et que tout le monde devait en avoir conscience. Si leur relation avait été clandestine, elle apparaissait maintenant au grand jour. Je remarquai qu'elle ne parlait pas de mariage et ne laissait rien entendre sur ce genre de projet.

La situation actuelle devait leur convenir et suffire à leur bonheur.

Comme ce serait bien de ne pas avoir l'ambition de se marier...

Je poussai un soupir, en espérant que personne ne l'avait remarqué, et interrogeai Carey au sujet de Jane.

— J'aurais voulu la connaître un peu mieux, expliquai-je en haussant les épaules, fataliste.

Carey haussa les sourcils.

— Ah, Jane était un sacré personnage.

— C'était une vieille méchante ! fit soudain Linda.

Elle était assise à notre table et découpait des vêtements de poupée en papier.

— Linda ! s'exclama sa mère, sans une once de reproche dans la voix.

— Mais maman, tu te souviens comme elle s'est mise en colère contre Burger King ?

Je me composai une mine poliment déconcertée.

L'espace d'une seconde, le joli visage rond de Carey afficha de l'irritation.

— Encore du café ? me proposa-t-elle.

— Je veux bien, répondis-je pour prolonger ma visite.

Carey me servit sans donner la moindre explication sur la remarque de Linda.

Je décidai de lui donner un petit coup de pouce.

— Jane était une voisine difficile ?

Carey étouffa une exclamation agacée.

— J'aurais préféré que Linda n'en parle pas. Tu sais, ma chérie, il faut que tu apprennes à oublier les choses désagréables et les vieilles disputes. Ça ne sert à rien de s'en souvenir.

Avec un hochement de tête obéissant, sa fille retourna à ses ciseaux.

Sa mère se lança à contrecœur.

— Burger King était notre chien. C'est Linda qui lui avait donné ce nom, vous imaginez bien. On ne l'attachait pas. Je sais qu'on aurait dû, et bien sûr, notre jardin de derrière n'est pas clôturé...

Je l'encourageai d'un signe approbateur du menton.

— Évidemment, il a fini par se faire écraser. J'ai honte. Jamais on n'aurait dû prendre un chien sans avoir un terrain clos, avoua Carey. Mais Linda en avait tellement envie. Elle est allergique aux chats.

— J'éternue et j'ai les yeux tout rouges, expliqua la fillette.

134

— Oui, mon cœur. Quand le chien est arrivé, Jane venait tout juste d'acquérir un chat. Naturellement, Burger King courait après Madeleine chaque fois que Jane la laissait sortir. Ce n'était pas fréquent, mais malgré tout, de temps en temps...

— Le chat se retrouvait coincé en haut d'un arbre ? suggérai-je.

— Eh oui. Et le chien jappait sans s'arrêter. C'était un désastre. Et Jane se mettait tellement en colère.

— Elle a dit qu'elle appellerait la fourrière, intervint la petite voix flûtée. Parce qu'on n'a pas le droit de laisser un chien dehors sans laisse. Elle disait que c'était la loi.

— Elle avait raison, ma puce.

— Elle n'avait pas besoin d'être si méchante, insista Linda.

— C'est vrai qu'elle était franchement désagréable, reprit Carey à mon intention. Je sais que j'étais en tort, mais de son côté, ça a pris des proportions incroyables.

— Je suis désolée, murmurai-je.

— Ça m'étonne, que Linda s'en souvienne, parce que c'était il y a longtemps. Il y a plusieurs années, en tout cas.

— Et alors ? Jane a appelé la fourrière, finalement ?

— Non, non. Ce pauvre Burger s'est fait percuter par une voiture très peu de temps après, juste à côté de la maison. Alors maintenant, nous avons Waldo.

Elle poussa le teckel du bout du pied avec affection.

— On le promène trois ou quatre fois par jour. Ce n'est pas vraiment une vie, pour lui, mais c'est le mieux qu'on puisse faire.

Waldo émit un ronflement béat.

— Au fait, en parlant de Madeleine, elle est revenue, annonçai-je.

— Incroyable ! Je pensais que Parnell et Leah l'avaient prise chez eux ?

— C'est bien ce qu'ils ont fait. Mais apparemment, Madeleine préfère être chez elle. En plus, elle attendait des petits.

Des exclamations fusèrent. Je regrettai cependant de le leur avoir annoncé, car Linda voulait absolument voir les chatons, mais sa mère ne tenait pas à ce qu'elle souffre d'allergie tout l'après-midi.

J'exprimai mes excuses en partant.

— Pardon Carey, je n'aurais pas dû en parler.

— Ce n'est pas grave, me rassura-t-elle.

Elle aurait certainement préféré que je tienne ma langue mais poursuivit sur un ton fataliste.

— C'est la vie, il faut que Linda apprenne à vivre avec. J'espère qu'un jour j'aurai assez d'argent pour faire installer une clôture. Et alors je lui prendrai un petit scottish-terrier. J'ai une amie qui en élève et ce sont les chiots les plus mignons du monde. Ils ressemblent à des petites brosses à chaussures sur pattes !

Tout en traversant le terrain de Carey pour accéder au mien, je méditai profondément sur la fascination que représentait le fait de promener d'adorables brosses à chaussures…

Je ne voyais autour de moi aucune cachette valable pour ensevelir des restes humains. Malgré tout, je ne pouvais pas exclure Carey de ma liste de suspects, car son jardin n'avait peut-être pas toujours été aussi nu.

Pour la énième fois, je me dis que je pourrais me débarrasser de toute l'histoire en allant à la police. Pendant un instant, la tentation fut extrême.

Et voici ce qui m'en a dissuadée : non pas mon sentiment de loyauté envers Jane, ni une quelconque obligation envers les morts. Non, rien de noble. J'avais tout simplement peur du terrifiant capitaine Burns.

J'avais pu constater qu'à l'instar de certains, qui aspirent à une promotion, ou d'autres, qui rêvent de passer la nuit avec Michelle Pfeiffer, le capitaine brûlait de désir pour la vérité.

Il ne serait pas content. Du tout.

Il mourrait d'envie de me clouer contre un mur.

J'allais conserver le crâne sous le coude encore quelque temps.

Peut-être trouverais-je le moyen de m'extirper de la situation avec la conscience tranquille. Un exploit qui me paraissait parfaitement invraisemblable pour le moment. Pourtant, quelqu'un était bien décédé en me laissant toute sa fortune, événement tout aussi improbable.

De retour à l'intérieur, je jetai un œil à Madeleine. Elle allaitait ses chatons et me semblait toujours aussi satisfaite et épuisée. Je lui donnai encore de l'eau et pris le bac à litière pour l'installer à côté d'elle, avant de me raviser. Il était sans doute préférable de ne pas changer ses habitudes.

— Tu te rends compte ? demandai-je à mon amie féline. Il y a quelques jours, je n'avais aucune idée de ce que j'allais recevoir : un chat, quatre chatons, une maison, cinq cent cinquante mille dollars, et un crâne. Je ne savais pas ce que je ratais…

La sonnette retentit.

Je sursautai violemment. Grâce au petit mot mystérieux de Jane, je savais désormais que j'avais toutes les raisons d'avoir peur.

— Je reviens tout de suite, Madeleine.

C'était surtout moi-même que je tentais de rassurer.

Cette fois-ci, je regardai par le judas. En voyant une étendue de noir, je compris qu'il s'agissait d'Aubrey. Je lui ouvris avec un sourire.

— Entrez donc.

— Je me suis dit que je passerais, pour voir la nouvelle maison, commença-t-il d'un ton hésitant. Ça ne vous dérange pas ?

— Pas du tout. Je viens de découvrir que j'avais des chatons. Venez les voir.

Je le menai vers la chambre en lui racontant la saga de Madeleine. La proximité du lit parut le décontenancer légèrement, mais à la vue des chatons, il fondit littéralement.

— Vous en voulez un ? En fait, je vais devoir leur trouver un foyer d'ici quelques semaines. Je vais appeler le vétérinaire pour savoir quand on pourra les séparer de leur mère. Que j'ai l'intention de faire stériliser dès que possible, d'ailleurs.

Aubrey eut l'air amusé.

— Vous ne la ramenez pas chez le cousin de Jane, finalement ?

Je répondis sans même y réfléchir.

— Finalement non. Je verrai bien comment je m'habitue à la vie avec un animal. Elle semble très attachée à cette maison.

Aubrey reprit d'un ton pensif.

— Peut-être bien que je vais en prendre un. Je me sens parfois seul, dans ma petite maison. Avoir un petit compagnon pour m'accueillir à mon retour, ce serait certainement très agréable. On m'invite

138

souvent. C'est ce qui s'est produit aujourd'hui, d'ailleurs. À l'église, une famille m'a proposé de venir déjeuner.

— Je parie que ce n'était pas aussi bon que mon déjeuner à moi.

Je lui parlai du rôti de bœuf de Sally, et lui de la dinde qu'on lui avait préparée. Nous étions tous les deux assis auprès des chats et la conversation se poursuivit ainsi, au sujet de la cuisine en général. J'appris qu'il ne cuisinait pas beaucoup, lui non plus.

On sonna de nouveau.

Nous étions si bien, là, tous les deux, que je dus réprimer une exclamation exaspérée.

Je l'abandonnai dans la chambre, à observer les petits chats endormis d'un air rêveur, tandis que je me précipitai pour ouvrir.

Marcia Rideout, bien éveillée et ravissante dans un short blanc et une chemise écarlate, me souriait de toutes ses dents. Parfaitement sobre et alerte, elle me salua joyeusement.

J'admirais le soin presque professionnel qu'elle avait apporté à son apparence – le rouge à lèvres et le fard à paupières appliqués d'une main sûre et avec subtilité, la blondeur unie de son carré lisse, et enfin ses belles jambes lisses et bronzées, ponctuées par la blancheur immaculée de ses tennis.

— Ah, bonjour Marcia, la saluai-je avec précipitation, consciente que je l'avais fixée avec trop d'insistance.

— Je ne vous prends qu'une minute, me promit-elle en me tendant une enveloppe. Torrance et moi, on voulait faire une petite soirée sur notre terrasse ce mercredi, pour vous souhaiter la bienvenue.

Je protestai immédiatement mais elle me coupa la parole.

— On avait envie de voir du monde de toute façon. Le fait que vous ayez hérité de la maison, ça nous fait une bonne excuse. En plus, il y a des nouveaux voisins en face, et ils viennent. Comme ça, on apprendra tous à se connaître. Je sais, c'est un peu tard pour vous prévenir, mais Torrance part en déplacement vendredi, et ne revient que tard samedi soir.

J'avais l'impression d'avoir affaire à une personne différente. La femme avinée et indolente de l'autre jour avait disparu. La perspective de recevoir du monde semblait lui avoir redonné vie.

Comment pouvais-je refuser ? L'idée d'être invitée en même temps que Lynn et Arthur était loin de me rendre euphorique, mais le refus ne faisait pas partie des options possibles. Inconcevable.

— N'hésitez surtout pas à venir accompagnée.

— Ça ne vous embête vraiment pas, si je viens avec quelqu'un ?

— Mais pas du tout ! Un de plus ou de moins, ça ne fait pas de différence. Vous pensiez à quelqu'un en particulier ? ajouta Marcia en haussant le sourcil d'un air entendu.

— Oui, répondis-je avec un sourire, sans plus d'explications.

J'espérais de toutes mes forces qu'Aubrey ne choisirait pas ce moment précis pour émerger de la chambre. Je voyais d'ici le sourcil de Marcia : il disparaîtrait littéralement dans ses cheveux.

— Ah, réagit Marcia, apparemment déconcertée par mon laconisme. Très bien, entendu comme ça.

Ne vous mettez pas sur votre trente et un, ce n'est pas notre genre !

Marcia me paraissait pourtant tout à fait du genre à se mettre sur son trente et un.

— Qu'est-ce que je pourrais vous apporter ?

— Rien du tout, juste vous, fit Marcia comme je m'y attendais.

Les préparatifs allaient la passionner et l'occuper pour les trois jours à venir.

— À mercredi alors !

Et elle s'en fut en bondissant pour regagner sa maison.

Munie de mon petit carton d'invitation, je retournai auprès d'Aubrey.

— Seriez-vous libre pour y aller avec moi ? demandai-je en lui tendant l'enveloppe.

S'il refusait, je serais affreusement gênée. Et je ne savais pas à qui d'autre demander de m'accompagner. Mais si j'allais à une soirée à laquelle Arthur et Lynn étaient conviés, j'étais fermement déterminée à venir avec un cavalier.

Il sortit l'invitation et la lut. Sur le devant, elle portait l'image d'un chef sanglé dans un tablier spécial barbecue et armé d'une longue fourchette.

« Il y a quelque chose de bon, sur le gril ! » nous annonçait-on. En ouvrant la carte, on découvrait le reste : « Venez donc le déguster avec nous, mercredi à 19 heures, chez Marcia et Torrance. À mercredi ! »

— C'est très… jovial, comme style, commentai-je d'un ton aussi neutre que possible.

Je ne voulais pas qu'il me trouve méchante.

— Je suis à peu près certain d'être libre, mais je vais vérifier.

Aubrey tira un petit calepin noir de sa poche.

— C'est le calendrier liturgique, expliqua-t-il. Je pense que tout pasteur en porte un sur lui en permanence.

Il feuilleta quelques pages et releva les yeux avec un large sourire.

— C'est bon, je peux venir.

Je poussai un immense soupir de soulagement. Aubrey sortit un petit crayon, qui était dans un état de déchéance avancée, et inscrivit l'heure, l'adresse et une mention qui me fit sourire : « Chercher Aurora ». Risquait-il donc de m'oublier ?

Il fourra le carnet dans sa poche et se leva en annonçant qu'il devait partir.

— J'ai un groupe de jeunes dans une heure, précisa-t-il en consultant sa montre.

— Que faites-vous, avec eux ?

— Mon travail consiste en grande partie à les consoler de ne pas être baptistes et de ne pas avoir un grand centre de loisirs. On s'y prend à tour de rôle, avec les luthériens et les presbytériens, pour recevoir les jeunes le dimanche soir. Ce soir, c'est le tour de mon église.

Il était trop tôt dans notre relation pour que je me sente obligée d'y participer. Ce qui m'arrangeait bien.

Aubrey ouvrit la porte pour partir et sembla soudain se souvenir de quelque chose qu'il avait oublié. Il se pencha sur moi, entoura doucement mes épaules de son bras et m'embrassa. Cette fois-ci, il n'y avait aucun doute : une secousse électrique me parcourut, jusqu'aux doigts de pieds. Je notai, lorsqu'il se redressa, qu'il paraissait avoir trouvé l'expérience vivifiante, lui aussi.

— Bon ! s'exclama-t-il, le souffle court. Je vous appelle cette semaine, et je me réjouis d'avance pour mercredi soir.

— Moi aussi, répondis-je en souriant.

Derrière son épaule, j'aperçus un mouvement de rideaux, dans la maison de l'autre côté de la rue.

Avec un sentiment de satisfaction prodigieusement mature, je refermai la porte sur Aubrey.

8

Je n'avais pas imaginé que la journée de lundi serait aussi trépidante. En arrivant à la bibliothèque, pensant faire un service de quatre heures, j'appris que l'une de mes collègues était souffrante. D'après les autres bibliothécaires, qui s'exprimaient en secouant la tête avec grande sagesse, il s'agissait d'un rhume « de la pire espèce ». À mon sens, tous les rhumes sont de la pire espèce. Notre directeur, Sam Clerrick, me demanda si j'acceptais de travailler pendant huit heures. Après une petite hésitation, je lui donnai mon accord. Je me sentais animée d'une belle noblesse d'esprit. Car je pouvais désormais me permettre (enfin... presque) de ne plus travailler. Rien de mieux qu'une bonne petite séance d'autofélicitations pour se requinquer. Je m'affairai joyeusement toute la matinée, à répondre aux questions et à lire des histoires, installée au centre d'un cercle de tout-petits.

Exaltée par mes bonnes intentions, je n'eus aucun scrupule à prendre quelques minutes supplémentaires pendant ma pause café, pour appeler la compagnie de téléphone. Je voulais absolument disposer d'une ligne chez Jane et leur demandai si mon numéro actuel pouvait également servir pour la maison de Jane, au moins pour un temps. À mon grand plaisir, on m'informa que c'était possible et que le raccordement serait effectué d'ici à quelques jours.

J'étais en train de raccrocher lorsque Lillian Schmidt fit une entrée pesante dans la petite pièce réservée au personnel. Lillian fait partie de ces personnes pénibles qui sont malgré tout dotées de certaines qualités qui les sauvent. On ne peut donc pas les rejeter complètement. Alors qu'on aimerait vraiment le faire. En outre, puisque je travaillais avec elle, il était dans mon intérêt de maintenir des relations conviviales. Étroite d'esprit, Lillian était une commère invétérée. Elle avait malgré tout un sens certain de la justice. Épouse et mère dévouée, elle nous rebattait les oreilles avec son mari et sa fille, jusqu'à ce que mort s'ensuive ou presque. Elle faisait très bien son travail, qu'elle connaissait à la perfection, tout en se plaignant à tout moment à propos de détails si infimes qu'on aurait voulu la gifler. Elle me mettait dans tous mes états.

— Il fait bien trop chaud. Il me faudrait une autre douche, me lança-t-elle en guise de salut.

La transpiration perlait à son front et elle s'empara d'un mouchoir en papier pour tamponner son visage.

— Alors, j'entends que tu es tombée sur un beau butin ? poursuivit-elle en visant la poubelle avec son mouchoir.

Elle manqua son but. Avec un profond soupir contrarié, elle se pencha en avant pour récupérer son

146

projectile. Tout en levant un œil pour guetter ma réaction.

— En effet, répondis-je avec un grand sourire.

Elle attendit que je développe et me toisa d'un air ironique en constatant que je n'en ferais rien.

— Je ne savais pas que vous étiez des amies si proches, Jane et toi.

Sans me départir de mon sourire, j'examinai mentalement plusieurs réponses potentielles.

— Nous étions amies.

Elle secoua lentement la tête.

— J'étais amie avec elle, mais elle ne m'a pas légué sa maison…

Que répondre à cela ? Je me contentai de hausser les épaules. Je ne me souvenais pas que Jane et Lillian aient été très intimes.

Lillian s'orienta sur une autre piste potentiellement intéressante.

— Savais-tu que Bubba Sewell allait se présenter aux élections à la Chambre des représentants ?

— Tiens donc.

Constatant qu'elle avait produit son petit effet, Lillian poursuivit.

— Oui. Sa secrétaire, c'est ma belle-sœur, alors elle me l'a raconté avant l'annonce officielle, qui est prévue demain. Je savais que ça t'intéresserait. Parce que je t'ai vue lui parler l'autre jour au cimetière. Alors en ce moment, il se tient à carreau et il fait vraiment attention à tout. Il ne veut surtout pas qu'on puisse lui reprocher le moindre détail de sa vie passée pendant la campagne. Il se présente contre Carl Underwood, qui détient le siège depuis trois mandats.

Lillian était fière de m'avoir appris quelque chose. Toute contente, elle émit quelques reproches à l'égard du système scolaire, pour son indifférence vis-à-vis des allergies de sa fille, et s'en fut de son pas lourd pour se remettre au travail.

Je m'accordai quelques minutes de plus dans la pièce étriquée, assise sur la chaise dure, réfléchissant à Bubba Sewell. Je ne m'étonnais plus qu'il n'ait pas eu envie de savoir ce qui se tramait chez Jane. Ni qu'il se soit occupé d'elle aussi bien. Sa réputation ne s'en porterait que mieux, si tout le monde savait à quel point il avait été attentionné auprès de sa cliente âgée. D'autant qu'il ne figurait pas sur son testament et n'avait rien à y gagner. Mis à part un portefeuille bien garni, grâce aux honoraires perçus.

Si je mentionnais le crâne à Bubba, il me haïrait pour le restant de ses jours. D'autre part, il ne fallait pas oublier qu'il était le premier mari de Carey. À ce titre, par conséquent, il pouvait être impliqué dans la disparition du second mari…

Tout en lavant ma tasse dans le petit évier, avant de la poser sur l'égouttoir, je finis par étouffer toute impulsion qui m'aurait poussée à me confier au juriste. Il était candidat aux élections. Il était ambitieux. Pas question de lui faire confiance. Quel triste résumé, pour un homme qui allait peut-être parler pour moi à la Chambre des représentants. Avec un soupir, je repris le chemin du comptoir de prêt, pour prendre les livres rendus et les remettre à leur place.

Je décidai de passer à la maison pendant mon heure de déjeuner, pour laisser sortir Madeleine et voir si les chatons se portaient bien. Je me pris de quoi manger en route.

En arrivant, j'aperçus une équipe des services municipaux qui s'échinait à retirer les lianes de chèvrefeuille et de sumac près du panneau « Impasse » au bout de notre rue. La tâche allait leur prendre des heures, car manifestement, les plantes poussaient librement depuis des années, s'enroulant au panneau ainsi que sur la palissade de la maison dont l'arrière donnait sur la rue. La camionnette des ouvriers était garée au beau milieu de la chaussée, à côté de chez Macon Turner.

Pour la première fois depuis que j'avais hérité de la maison de Jane, j'aperçus le rédacteur en chef lui-même, qui rentrait peut-être chez lui pour déjeuner, tout comme moi. Ses cheveux longs, poivre et sel, étaient coiffés de manière à dissimuler sa calvitie naissante. Macon avait un visage intelligent aux traits fins. Il portait généralement des costumes qui n'attendaient qu'une chose : être apportés au pressing. D'ailleurs, il donnait toujours l'impression qu'il ne savait pas prendre soin de lui-même. Sa coupe devait perpétuellement être rafraîchie, ses vêtements avaient systématiquement besoin d'un coup de fer, et il paraissait éternellement fatigué et légèrement en retard sur son planning.

Tout en prenant son courrier, il me héla et m'adressa un sourire ravageur. Parmi les amants de ma mère, c'était le seul que je trouvais séduisant, sur un plan personnel.

Je l'attendis dans mon allée, les mains encombrées du sac en papier qui contenait mon déjeuner et de mon sac à main, tandis qu'il me rejoignait. Sa cravate était de travers et il traînait sa veste de costume d'été, qui effleurait le sol. Je me demandais soudain si Carey Osland, dont la maison n'était déjà pas un modèle de netteté, se rendait bien compte de ce qu'elle entreprenait...

— Content de te revoir, Roe ! Comment va ta mère, avec son nouveau mari ? lança-t-il alors qu'il était encore à bonne distance.

Les trois hommes afro-américains qui formaient l'équipe technique tournèrent la tête pour nous jeter un bref regard.

C'était l'un de ces moments dont on se souvient toute sa vie, sans la moindre raison particulière. Il faisait une chaleur insoutenable et le soleil brûlait dans un ciel sans nuage. Les chemises des hommes étaient trempées et l'un des jeunes arborait un bandana rouge sur la tête. La camionnette, une véritable antiquité, était d'une couleur orangé foncé. La condensation provenant de mon soda s'accumulait dangereusement sur mon sac en papier, qui allait peut-être bientôt céder. J'étais contente de voir Macon, mais impatiente également de me retrouver seule dans la maison fraîche, pour déjeuner et m'occuper des chatons. Sous ma robe à rayures vertes et blanches je sentais le chatouillis d'une gouttelette de transpiration qui cheminait de ma taille à ma hanche. Passant la lanière de mon sac sur une épaule pour me libérer la main, je soulevai mes cheveux afin de dégager ma nuque et de tenter d'attirer un filet d'air. Je n'avais pas eu le temps de me les tresser ce matin. Mes yeux tombèrent sur une fissure dans le revêtement de l'allée. De mauvaises herbes y poussaient avec abondance et je me demandais comment y remédier.

150

J'étais en train de penser que j'étais heureuse que ma mère ait épousé John Queensland, qui m'inspirait autant de respect que d'ennui, plutôt que Macon, dont le regard perçant me chavirait quelque peu, lorsque l'un des ouvriers laissa échapper un hurlement, qui flotta dans l'air épaissi par la chaleur.

Les trois hommes se figèrent. Macon tourna la tête et à mi-course son pied hésita avant de retomber au sol. Chaque mouvement se détachait du tableau. J'avais orienté mon regard vers l'homme au bandana rouge, afin de mieux voir ce qu'il soulevait de terre. Le contraste entre sa main couleur d'ébène et la blancheur de l'os était fulgurant.

— Nom de Dieu ! C'est un mort ! s'écria l'un de ses compagnons.

La séquence au ralenti passa soudain en mode accéléré et par la suite, je fus incapable de l'évoquer clairement.

Je fus convaincue ce jour-là que le cadavre ne pouvait pas être le fils de Macon Turner. Ou du moins, s'il s'agissait d'Edward, que ce n'était pas Macon qui l'avait tué. Pas une seule seconde son visage n'indiqua que la découverte pouvait l'affecter sur un plan personnel. Bien au contraire, elle avait déclenché tout son intérêt et il faillit défoncer sa porte, tant il avait hâte de rentrer pour appeler la police.

Lynn sortit de chez elle au moment où la voiture de police arrivait. Elle semblait pâle et déprimée. Son ventre la précédait comme un remorqueur qui l'aurait tractée.

— Mais qu'est-ce qui se passe ? demanda-t-elle avec un signe du menton vers les ouvriers.

Ces derniers revivaient leur découverte avec animation tandis que l'officier fouillait du regard les profondeurs des lianes qui étouffaient la base du poteau.

— Ils ont trouvé un squelette, je crois, répondis-je avec prudence.

Je n'étais pas certaine qu'il s'agisse d'un squelette tout à fait entier.

Lynn demeura imperturbable.

— À tous les coups, ce sera un dogue allemand ou en tout cas, un grand chien. Peut-être même des os de bœuf ou de chevreuil.

— Possible.

Lynn massait doucement son ventre d'un air absent.

— Comment tu te sens ? lui demandai-je.

Elle s'interrompit un instant pour réfléchir à une réponse adaptée.

— Le bébé est si bas maintenant que si je me penchais, je pourrais presque lui serrer la main.

Je laissai échapper une exclamation déconcertée, plissant les yeux alors que j'essayais d'imaginer la scène.

— Toi, tu n'as jamais été enceinte, déclara Lynn, membre d'un club dont j'étais exclue pour l'instant. Ce n'est pas aussi facile qu'on pourrait le penser. Pourtant, ça fait des millions d'années que les femmes font ça.

Lynn s'intéressait beaucoup plus à son propre corps qu'à celui qui se trouvait au bout de la rue.

— Alors tu ne travailles plus ?

Je gardai un œil sur le policier, qui parlait dans sa radio. Calmés, les ouvriers s'étaient réfugiés à l'ombre d'un arbre chez Macon. Ce dernier disparut

152

un instant à l'intérieur, pour émerger avec un appareil photo et un calepin.

— Non. Mon médecin m'a recommandé de m'arrêter et de rester allongée le plus possible. On a défait la plupart des cartons et la chambre du bébé est prête. Alors je bouge un peu dans la maison, pendant à peu près deux heures par jour, et le reste du temps, conclut-elle d'un ton morose, j'attends.

Ce qui allait complètement à l'encontre de son tempérament.

— Tu dois être impatiente, non ?

— Je me sens trop mal pour être impatiente. En plus, Arthur l'est bien assez pour nous deux.

Ce qui ne lui ressemblait pas, à lui non plus.

— Ça ne te fait plus rien, maintenant ? me demanda Lynn brusquement.

— Non.

— Tu as quelqu'un d'autre ?

— Plus ou moins. Mais je ne me suis remise que très récemment.

Heureusement, Lynn s'arrêta là, car j'aurais refusé d'en dire plus.

— Tu crois que tu vas garder la maison ? reprit-elle.

— Je n'en ai aucune idée.

Je faillis lui demander si cela l'ennuierait, avant de me raviser. Je n'avais aucune envie de connaître la réponse.

— Tu vas aller à cette soirée ? m'interrogea Lynn après un temps d'arrêt.

— Tout à fait.

— Nous aussi, je crois, même si je ne suis pas très en forme. Cette Marcia ! Quand elle est venue m'inviter, elle m'a regardée comme si elle n'avait jamais vu de femme enceinte. J'avais l'impression de la dégoûter et de ressembler au bonhomme Michelin.

Connaissant désormais Marcia et sa façon de s'apprêter, je me l'imaginais sans difficulté.

— Bon, il faut que j'aille voir les chatons, expliquai-je à Lynn.

La situation à l'autre bout de la rue était parfaitement statique. Le policier s'appuyait contre sa voiture et attendait apparemment la venue de ses collègues. Le regard dirigé vers le sol, Macon observait les ossements. Les ouvriers fumaient en buvant des canettes de RC Cola[1].

— Oh, tu as des petits chats ? Je peux les voir ?

Le visage de Lynn s'était brusquement animé.

— Bien sûr !

Assez surprise, je compris soudain que Lynn était d'humeur à voir des bébés, de quelque nature qu'ils soient.

Aujourd'hui, les chatons étaient plus actifs. Les yeux toujours fermés, ils s'empilaient les uns sur les autres et Madeleine veillait sur eux avec fierté. L'un d'entre eux était noir comme du charbon, tandis que les autres étaient abricot et blanc, comme leur mère. Lynn s'était assise avec difficulté et les contemplait silencieusement, le visage indéchiffrable. Je retournai à la cuisine pour changer l'eau et la nourriture de Madeleine, et m'occuper du bac à litière par la même occasion. Après quoi, je me lavai les mains et avalai

---

1. Le RC Cola (Royal Crown Cola) est un soda haut de gamme fabriqué en Géorgie depuis le début du XXᵉ siècle. Ce fut la première boisson à être vendue dans une canette en métal. Dans le Sud américain, le RC Cola entrait dans la composition du déjeuner traditionnel des ouvriers.

mon déjeuner en grande partie, avant de regagner la chambre. Lynn n'avait pas bougé.

— Tu as vu la naissance ?

— Oui.

— Tu as eu l'impression que ça lui faisait mal ?

Je choisis soigneusement mes mots.

— J'ai l'impression que c'était un sacré boulot.

— Ça, je m'y attends, rétorqua-t-elle avec un profond soupir

— Vous êtes allés aux cours d'accouchement ?

— Oh que oui. On fait nos exercices de respiration tous les soirs.

Sa réponse manquait totalement d'enthousiasme.

— Tu as l'impression que ça ne va pas marcher ?

— Je n'en ai pas la moindre idée. Tu sais ce qui me fait peur ?

— Non. Dis-moi ?

— Personne ne t'explique vraiment.

— Personne ? C'est-à-dire ?

— Personne, je te dis ! C'est complètement fou. Je voudrais vraiment savoir à quoi m'attendre. Alors je demande à ma meilleure amie, qui en a eu deux. Elle me dit : « Oh, quand on voit ce qu'on reçoit, ça en vaut la peine. » Ça, ce n'est pas une réponse, tu es d'accord. Alors je demande à une autre, qui n'a pas eu de péridurale, et elle, elle me dit : « Oh, on oublie tout quand on voit le bébé. » Et ça, ce n'est pas une réponse non plus. Ma mère était inconsciente quand elle m'a eu, alors elle ne peut rien me raconter. De toute façon, je suis certaine qu'elle tiendrait sa langue. C'est une conspiration maternelle.

— C'est certain, je ne peux pas répondre à tes questions, Lynn. Mais je te dirais la vérité si je le pouvais.

— Je crois bien que c'est moi qui vais te la dire. Et dans pas longtemps.

En quittant la maison pour aller travailler, j'aperçus deux voitures de police garées chez Macon Turner. La camionnette municipale avait disparu. Je ressentais un soulagement infini de savoir que le reste du squelette avait été retrouvé. La police allait désormais se mettre à l'œuvre pour déterminer son identité. Je promis au crâne que si les ossements permettaient de la découvrir, je ferais en sorte de lui organiser un enterrement chrétien.

Cette promesse ne changeait rien au fait que moralement, je ne prenais aucune position. Mon sentiment de culpabilité ne s'allégeait en rien.

Ce soir-là, on sonna à ma porte alors que je venais tout juste de me débarrasser de mes chaussures et que j'étais en train de retirer mon collant. Je l'arrachai en toute hâte et le roulai en boule sous mon fauteuil, avant d'insérer mes pieds nus dans mes chaussures et de me précipiter pour ouvrir. J'avais chaud, je ne ressemblais à rien, j'avais mal à la tête et mauvaise conscience.

Le capitaine Jack Burns paraissait remplir tout l'encadrement de la porte. Malgré son éternel costume bas de gamme et ses longues pattes à la Elvis, il respirait littéralement la fureur et le danger. La fumée lui sortait par les naseaux. C'était chez lui une seconde nature. Je crois qu'il aurait été surpris si on le lui avait fait remarquer.

— Puis-je entrer ? me demanda-t-il d'une voix extrêmement douce.

— Ah, euh, bien sûr.

156

Je m'effaçai pour le laisser passer et il poursuivit, très formel.

— Je suis venu vous parler des ossements retrouvés aujourd'hui sur Honor Street.

— Venez vous asseoir, je vous en prie.

Il me répondit avec grande courtoisie.

— Je vous en remercie. Je piétine depuis ce matin et mes vieux pieds sont fatigués.

Il se cala dans le canapé tandis que je prenais mon fauteuil préféré, en face de lui.

— Vous arrivez du travail ? commença-t-il.

— En effet.

— Cependant, vous étiez dans la maison de Jane Engle, sur Honor Street, aujourd'hui, au moment où l'équipe municipale a retrouvé le squelette.

— Oui, je suis venue ici pendant ma pause déjeuner pour nourrir le chat.

Il continua de me fixer sans broncher. Il avait plus d'entraînement que moi à ce genre de jeu...

— Le chat de Jane. Elle s'appelle Madeleine. Euh... Elle s'est enfuie de chez Parnell et Leah Engle, et elle est revenue ici. Elle a accouché. Dans le placard de Jane.

— Mademoiselle Teagarden. Je vous vois très souvent, pour une honnête citoyenne. Vous jaillissez de nulle part à chaque homicide ou presque. Vraiment très curieux.

— J'ai simplement hérité d'une maison dans la même rue. Je n'appelle pas ça « très curieux », rétorquai-je bravement.

Il poursuivit d'un ton raisonnable.

— Réfléchissons. L'an dernier, lorsqu'il y a eu tous ces morts, vous y étiez. Et quand on a pris les coupables, vous y étiez.

157

« Certes, et j'étais justement sur le point de me faire tuer », pensai-je.

En mon for intérieur seulement, car on n'interrompt pas le capitaine Jack Burns.

— Puis Jane Engle meurt, et vous voilà dans cette rue, où on a découvert un squelette caché dans les mauvaises herbes, et dans laquelle il y a eu une curieuse série de cambriolages, y compris dans cette fameuse maison dont vous venez d'hériter.

— Des cambriolages ? Vous êtes en train de me dire qu'il y a d'autres personnes ici, à qui c'est arrivé ?

— C'est effectivement ce que je dis, mademoiselle Teagarden.

— Et on ne leur a rien pris non plus ?

— En tout cas, si on leur a dérobé quoi que ce soit, les propriétaires ne l'ont pas avoué. Peut-être que le voleur a emporté leurs livres pornographiques et qu'ils n'ont pas osé en parler.

L'indignation me gagna.

— Il n'y avait certainement rien de tel chez Jane !

Non, juste un vieux crâne avec des trous dedans…

— Peut-être qu'on a emporté quelque chose et que je n'en sais rien, poursuivis-je. Je ne suis arrivée ici qu'après l'effraction. Dites-moi… qui sont les autres ?

Le visage de Jack Burns exprima la surprise avant de passer à la suspicion.

— Eh bien, tout le monde. Sauf ce couple âgé, dans la maison du bout, de l'autre côté de la rue. Bon. Alors savez-vous quoi que ce soit au sujet de ces ossements retrouvés ?

— Absolument pas. J'étais là par hasard quand on les a découverts. Vous savez, je ne suis pas venue ici très souvent, et je n'y ai jamais dormi. Ces dernières années, je suis passée voir Jane, c'est tout.

— Toujours est-il que la police est parfaitement à même de gérer cette énigme, mademoiselle Teagarden. Veillez à vous occuper de vos petits oignons à vous. Hmm ?

— Mais, je n'y manquerai pas, Capitaine ! lançai-je, furieuse.

Lorsque je me levai, mon talon s'accrocha dans mon collant et le tira de sous le fauteuil, l'exposant ainsi à la vue de Jack Burns.

Loin de rire, ce qui lui aurait donné un semblant d'humanité, ce dernier considéra l'étoffe d'un regard méprisant, comme s'il s'agissait d'un accessoire licencieux, avant de s'éloigner sans se départir de sa redoutable majesté.

9

Le lendemain matin, je n'avais pas encore terminé ma première tasse de café que le téléphone sonnait déjà. Je m'étais levée tard, après une mauvaise nuit. J'avais rêvé que le crâne était sous mon lit et que Jack Burns était assis à côté de moi, en train de m'interroger, alors que j'étais en chemise de nuit. J'étais convaincue qu'il allait lire dans mon esprit et se pencher pour regarder sous le sommier. C'en serait fait de moi. Je me réveillai au moment où il soulevait un pan du couvre-lit.

Après avoir préparé mon café, grillé mon pain et récupéré mon journal sur le seuil, je m'installai à ma table de cuisine. J'avais parcouru la une (« Sewell met le représentant actuel au défi ») et je cherchai les caricatures lorsque je fus interrompue.

Je décrochai, convaincue qu'on allait m'apprendre de mauvaises nouvelles. À l'autre bout du fil, j'entendis la mère d'Amina. Bonne surprise. Cependant, j'avais eu raison de m'inquiéter.

— Bonjour Aurora ! Joe Nell Day à l'appareil.

— Bonjour miss Joe Nell ! Vous allez bien ?

Amina avait le courage d'appeler ma mère « miss Aida », selon la tradition dans nos États.

— Je vais très bien, merci ma chérie. Écoute, Amina m'a appelée hier soir. Ils ont avancé la date du mariage.

Je reçus la nouvelle avec un certain désarroi. « C'est reparti », pensai-je, consternée. Mais en parlant avec la mère d'Amina, je mis un sourire dans ma voix et m'exclamai de bon cœur.

— Eh bien, miss Joe Nell, ils sont assez grands pour savoir ce qu'ils font !

— Je l'espère, fit-elle, la voix vibrant de sincérité. Ce serait affreux, si Amina devait de nouveau traverser un divorce.

Je la rassurai avec vigueur, sans réussir à me persuader moi-même.

— Non non non, pas cette fois ! Celui-ci, c'est le bon.

— Eh bien, nous prierons pour que ce soit le cas. Son père est dans un de ces états ! On ne l'a même pas encore rencontré, ce jeune homme.

— Il vous plaisait bien, son premier mari.

Amina épouserait toujours quelqu'un de gentil. Le problème, c'était qu'il reste dans cette catégorie. Comment s'appelait le nouveau, déjà ? Hugh Price.

— Elle me raconte beaucoup de choses positives au sujet de Hugh, continuai-je.

Il était positivement beau, positivement riche et positivement super au lit. J'espérais qu'il n'était pas positivement superficiel. Ce n'était pas de la sincérité de ses sentiments pour Amina que je m'inquiétais : j'adorais mon amie et par conséquent, je trouvais

162

bien naturel qu'on puisse l'aimer. Ce n'était pas un exploit.

— De toute façon, ils sont divorcés l'un comme l'autre, conclut Joe Nell. Ce sont des vétérans, et ils savent très certainement ce qu'ils veulent et ce qu'ils ne veulent pas. Je t'appelais parce que, comme ils ont avancé la date, tu vas devoir venir essayer ta robe de demoiselle d'honneur.

— Je suis la seule ?

Je l'espérais sincèrement. J'avais envie de porter une tenue qui m'aille à moi, personnellement, plutôt qu'une robe qui devrait convenir à cinq ou six femmes de tailles et de carnations différentes...

— Oui, me répondit-elle avec un soulagement évident. Amina veut que tu viennes choisir quelque chose. Ce que tu veux, du moment que ce soit joli avec sa robe. Qui est vert menthe.

Pas blanche... Surprenant. Amina m'avait donné l'impression qu'elle voulait faire les choses en grand, pour rattraper son premier mariage à la sauvette. Apparemment, elle modérait un peu ses impulsions, et ce n'était pas un mal.

— Entendu, je peux venir ce matin, je suis en congé.

— Extra ! Alors à tout à l'heure.

Le fait d'avoir une mère qui soit propriétaire d'une boutique de vêtements pouvait s'avérer plutôt pratique. J'étais certaine de trouver quelque chose chez Great Day[1]. Miss Joe Nell y consacrerait toute son expertise.

---

1. Great Day est un jeu de mots entre l'expression qui signifie « le grand jour » et le nom de Joe Nell Day, « *great* » prenant alors le sens de « grande » ou « formidable ».

En montant m'habiller, je cédai à une impulsion et pénétrai dans ma chambre d'amis. Le seul invité qui y ait jamais passé la nuit était mon demi-frère, à l'époque où il venait parfois passer le week-end chez moi. Mon petit Phillip était désormais en Californie. Mon père et sa mère avaient souhaité l'éloigner de moi et de Lawrenceton. Ils l'avaient emmené le plus loin possible, pour qu'il ne soit pas obligé de se souvenir de ce qui lui était arrivé ici. Alors qu'il était avec moi, sous ma garde.

Je repoussai la culpabilité et la douleur, qui m'étaient devenues si familières, et ouvris la porte du placard. C'était ici que je rangeais ce que je ne portais pas régulièrement ou qui n'était pas de saison. Les gros manteaux et mes quelques tenues de cocktail ou de soirée par exemple. Ainsi que mes robes de demoiselle d'honneur. J'en avais quatre. Une horreur à froufrous couleur lavande, mariage de Sally Saxby. Une mousseline à imprimé floral, noce de Linda Erhardt. Velours rouge et finitions « fourrure » blanche pour les « épousailles » de mon amie de fac, qui avaient eu lieu à l'époque de Noël. Et un fourreau rose, plus acceptable, que j'avais porté pour l'union printanière de Franny Vargas. Dans la robe mauve, je donnais l'impression d'avoir été kidnappée par Barbie. La mousseline n'était pas mal, mais ses coloris convenaient plutôt à des blondes. La tenue de velours rouge me donnait des airs de Dolly Parton, surtout au-dessus de la taille, et nous avions toutes ressemblé à des assistantes du Père Noël. Quant au fourreau, je l'avais fait couper à hauteur de genou et j'avais ainsi pu le mettre plusieurs fois.

164

Pour le premier mariage d'Amina, j'avais porté un jean et c'était bien cette tenue-là qui s'était révélée la plus pratique.

Et voilà : après avoir pensé à Phillip, je m'étais repenchée sur mon éternel rôle de demoiselle d'honneur et j'avais le moral à zéro. Il était grand temps de passer à autre chose.

Que pourrais-je bien inscrire sur ma liste de choses à faire, en dehors de séances d'essayage ?

Vérifier que Madeleine et les chatons se portaient bien. Aller au bureau de mère, ainsi qu'elle me l'avait demandé dans son message.

Je résistais à la tentation de m'assurer que le crâne était toujours là où je l'avais mis – il n'avait pas dû aller bien loin.

— N'importe quoi ! grommelai-je à l'attention du miroir tout en tressant mes cheveux.

J'appliquai un maquillage léger et enfilai mon plus vieux jean ainsi qu'un tee-shirt sans manches. J'étais peut-être censée passer au cabinet immobilier de mère, mais il n'était pas question pour moi de refléter l'image de la parfaite jeune cadre dynamique. Tous ses collaborateurs étaient convaincus qu'un jour ou l'autre j'intégrerais l'affaire de ma mère, détruisant du même coup toute leur chaîne alimentaire soigneusement constituée. Et d'ailleurs, l'idée de faire visiter des maisons me semblait une manière assez agréable de passer le temps. Maintenant que j'avais de l'argent, j'y songerais presque sérieusement. Presque.

Je n'étais plus obligée de travailler pour mère. J'adressai un sourire malicieux au miroir, imaginant un instant la réaction volcanique que provoquerait ma décision. Délicieux... Puis je retombai sur terre.

Tout en attachant ma natte avec un élastique, je me dis que je pourrais en réalité changer d'avis, rejoindre ma mère et abandonner mon poste actuel. Mais la bibliothèque me manquerait. Non, compris-je soudain tout en vérifiant le contenu de mon sac à main. Ce seraient les livres qui me manqueraient et non l'endroit, ni les collègues.

L'idée d'une possible démission amusa mon esprit tout le long du chemin, jusqu'à la boutique Great Day.

Comptable de formation, le père d'Amina gérait les finances de l'affaire de son épouse et il était présent ce matin-là. Lorsque la clochette au-dessus de la porte annonça mon entrée, miss Joe Nell s'affairait à défroisser à la vapeur une robe nouvellement arrivée. Blonde et particulièrement jolie, elle devait avoir dans les quarante-cinq ans. Elle avait eu Amina, sa seule fille, alors qu'elle était encore très jeune, et son fils poursuivait encore ses études supérieures. Elle était croyante et très pratiquante. Lorsque mes parents avaient divorcé, alors que j'étais encore adolescente, j'avais craint qu'elle n'interdise à Amina de me fréquenter. Elle était toutefois d'un naturel aimant et humain et mes inquiétudes avaient été rapidement balayées.

Elle posa son attirail et me serra contre elle.

— Pourvu qu'Amina ne soit pas en train de faire une bêtise, chuchota-t-elle.

— Mais ne vous en faites pas, la rassurai-je sans grande conviction, c'est un homme sûrement très gentil.

— Oh, ce n'est pas vraiment pour lui que je m'inquiète, m'expliqua-t-elle à ma surprise. C'est

166

plutôt au sujet d'Amina. Je ne suis pas certaine qu'elle sache vraiment ce qu'elle veut...

— On espère vraiment qu'elle est prête à se poser, cette fois-ci, gronda doucement la voix de M. Day.

Depuis vingt ans, il chantait en basse, à la chorale de l'église.

— Moi aussi.

Une expression de tristesse s'était peinte sur nos visages et rapidement, je rompis l'atmosphère morose.

— Bien ! À quel genre de robe Amina pensait-elle pour moi ?

Miss Joe Nell se secoua et m'emmena vers les robes de cérémonie.

— Voyons, comme je te l'ai dit, sa robe est vert menthe, avec des incrustations de perles blanches. Je l'ai ici. Elle a essayé plusieurs choses, quand elle est revenue pour le mariage de ta mère. Je croyais qu'elle rêvait tranquillement mais à mon avis, elle savait déjà plus ou moins qu'ils allaient avancer la date.

La robe était magnifique. Vêtue ainsi, Amina incarnerait l'idéal du rêve américain.

— Ça va être facile de coordonner ma robe, fis-je remarquer avec optimisme.

— J'ai déjà regardé plusieurs tenues dans ta taille, et j'ai trouvé quelques petites choses qui s'accorderaient parfaitement avec cette teinte. Si tu prends une couleur unie, on pourrait mettre des rubans verts dans ton bouquet, pour rappeler la robe d'Amina...

En un rien de temps, nous étions toutes les deux immergées dans les chiffons nuptiaux.

Heureusement que j'avais natté mes cheveux : j'enfilai et retirai tellement de robes ce matin-là que j'aurais eu l'air d'une sorcière avec un nid sur la tête, si je les avais laissés libres. Certains flottaient tout de même autour de ma tête, crépitant d'électricité statique. L'une des robes m'allait bien et s'harmoniserait joliment avec la toilette d'Amina. Doutant de pouvoir la reporter un jour, je l'achetai malgré tout. Mme Day tenta de me dissuader de payer mais je connaissais mon devoir, en tant que demoiselle d'honneur, et insistai avec énergie. Elle finit par me proposer de la prendre à prix coûtant, ce qui nous mit d'accord.

La robe d'Amina avait des manches translucides prolongées par des poignets de tissu opaque, un décolleté sobre, un corsage incrusté de perles et une jupe ample. Relevée par une touche festive et raffinée, la simplicité de l'ensemble ferait ressortir le bouquet de la mariée.

La mienne avait la même encolure, mais des manches courtes. Elle était rose pêche, avec une large ceinture vert menthe. Je ferais teindre des escarpins dans les mêmes tons – ceux que j'avais portés pour le mariage de Linda Erhardt conviendraient parfaitement. Je promis à miss Joe Nell de les apporter à la boutique pour vérifier que les couleurs s'accordaient – ma robe allait rester sur place car elle devait être raccourcie.

En remontant dans ma voiture, je m'aperçus que le tout n'avait pris qu'une heure trente. Lorsque j'étais allée chasser la robe à Atlanta avec Sally Saxby, sa mère et quatre autres demoiselles d'honneur, l'expédition avait duré toute une journée interminable. J'avais mis un certain temps à retrouver la même affection pour mon amie que celle que je lui portais avant cette virée.

168

Sally s'appelait Mme Hunter depuis dix ans déjà. Son fils était presque aussi grand que moi, et sa fille prenait des cours de piano.

Non, non et non ! Pas question de tomber dans la déprime. J'avais choisi ma robe, ce qui était une bonne chose. J'allais passer au bureau, ce qui était également une bonne chose. Et j'allais voir les chats dans ma nouvelle maison – je devais m'entraîner à y penser en ces termes. Ensuite, je m'accorderais un déjeuner dans un bel endroit.

En arrivant au parking situé derrière les locaux de ma mère, je remarquai que personne n'avait osé se garer sur sa place, alors qu'elle se trouvait à l'étranger – je ne manquerais pas de partager ce petit détail avec elle, pensai-je en m'y rangeant proprement.

Estimant que les mots « Teagarden Homes[1] » prendraient trop de place sur une pancarte « Vendu », ma mère avait choisi le nom Select Realty[2] pour son entreprise. Naturellement, elle ciblait ainsi un marché plutôt aisé. La manœuvre avait fonctionné. Mère était d'un dynamisme à toute épreuve et ne se contentait jamais de laisser les affaires venir à elle. C'était elle qui partait à l'assaut et préparait pour ainsi dire le terrain. Elle exigeait la même agressivité de la part de tous ses collaborateurs. L'apparence des candidats qu'elle recevait lui était totalement indifférente, du moment qu'il émanait d'eux le tempérament et l'attitude appropriés. J'avais un jour entendu un concurrent assimiler son équipe à une bande de requins. Je longeai le trottoir pour gagner la vieille

---

1. Littéralement : « demeures Teagarden ».
2. Littéralement : « biens d'élite ».

demeure que mère avait achetée et magnifiquement restaurée, tout en me demandant si elle me considérerait, moi, comme une employée adéquate.

Tous les membres de l'équipe Select Realty s'habillaient avec classe et un soin extrême. Je compris soudain que mon choix vestimentaire était une erreur. Avec mon jean et mon tee-shirt, j'avais voulu marquer un contraste avec le monde de l'immobilier ; en fait, je ressemblais à une hippie dépassée.

À la réception, Patty Cloud portait un tailleur dont le prix devait correspondre à une semaine de salaire à la bibliothèque. Et elle n'était que l'hôtesse d'accueil…

— Aurora ! Quel plaisir de vous voir, s'exclama-t-elle avec son sourire professionnel.

Je devais avoir au moins quatre ans de plus que Patty. Malgré cela, son tailleur et son aisance artificielle lui donnaient en apparence quelques années de plus que moi.

Eileen Norris traversa le hall pour déposer une pile de papiers étiquetée d'un post-it sur le bureau de Patty. En me reconnaissant, elle s'arrêta net.

— Oh, mon Dieu ! Mais d'où sors-tu ? Tu n'as l'air de rien, ma pauvre enfant ! s'époumona-t-elle.

Elle devait avoir environ quarante-cinq ans et ses cheveux me semblaient un peu trop bruns. Elle portait des vêtements coûteux, qui provenaient des boutiques grandes tailles les plus réputées. Son maquillage, quoique lourd, était appliqué à la perfection, son parfum, même capiteux, sentait bon… Eileen était l'une des femmes les plus étourdissantes que j'aie jamais rencontrées. Elle comptait parmi les personnages de Lawrenceton, et pouvait vous convaincre d'acheter une maison en un tour de main.

170

Je n'avais pas précisément apprécié son accueil, mais j'avais effectivement commis une erreur et Eileen n'était pas du genre à la passer sous silence.

— Je passais simplement vous donner un message. Ma mère prolonge un peu sa lune de miel.

— J'en suis ravie, hurla Eileen. Cette pauvre femme n'a pas pris de vacances depuis des lustres. Je parie qu'elle s'amuse comme une folle.

— Je n'en doute pas.

— Et en l'absence de la mère, tu passes voir les enfants pour voir si tout va bien, c'est ça ?

Il était manifeste que le concept ne lui plaisait pas le moins du monde.

Je lui répondis d'un ton dégagé.

— Je voulais juste m'assurer que le bâtiment ne s'était pas effondré. Mais j'ai aussi une question d'ordre immobilier.

Mackie Knight, un jeune collaborateur afro-américain que mère venait tout juste d'embaucher, entra à ce moment précis avec des clients. C'était un couple de jeunes mariés que je reconnus grâce à leur photo, qui avait paru dans le journal à côté de celle de mère et John. Ils semblaient légèrement hébétés et débattaient avec lassitude de deux maisons situées dans des quartiers différents. Mackie les avait large-ment devancés et roula des yeux en passant devant nous pour les mener vers les bureaux.

— Il se débrouille très bien, murmura Eileen d'un ton absent. Les clients l'adorent. Alors, tu me disais que tu avais une question ?

— C'est cela. À combien se vendent les maisons dans le quartier autour du collège ?

171

Patty et Eileen se redressèrent instantanément. L'appel du métier.

— Combien de chambres ?

— Ah, euh, deux.

— Surface ?

— À peu près cent trente mètres carrés.

— Il y a une maison qui vient juste de se vendre sur Honor Street, dit Eileen immédiatement. J'en ai pour une minute. Je vais te trouver ça.

Elle se dirigea d'un pas martial vers sa pièce de travail, ses hauts talons martelant la moquette de petits chocs sourds. Je la suivis dans les couloirs à la décoration discrète, déployée avec raffinement dans des tons gris et bleus. Le bureau d'Eileen avait probablement été la deuxième chambre de la demeure. Mère s'était approprié l'ancienne suite parentale. La cuisine abritait désormais la photocopieuse et un espace rafraîchissements. Les autres pièces étaient bien plus petites et on les avait attribuées aux employés qui se situaient plus bas sur l'échelle hiérarchique. La table d'Eileen croulait sous les dossiers, conférant à la salle une atmosphère presque agressive. Les piles étaient cependant bien ordonnées et Eileen jonglait certainement entre ses affaires avec une facilité déconcertante.

— Honor Street, voyons voir ça, murmura-t-elle.

Elle devait chercher le prix de la petite maison qu'Arthur et Lynn avaient achetée. Ses doigts couverts de bagues feuilletaient habilement un paquet de listings.

— Ah, nous y voilà. Cinquante-trois. Tu achètes, ou tu vends ?

Visiblement, mon jean et ma natte ne la tracassaient plus.

— Je vais peut-être la vendre. J'ai hérité de la maison juste en face de celle-ci, précisai-je en indiquant le listing du menton. Eileen me fixa, interloquée.

— Ah bon ? Toi ? Tu as hérité ?

J'acquiesçai.

— Et tu vas peut-être la vendre au lieu d'y habiter ?

J'approuvai de nouveau.

— Elle est finie de payer ? Il n'y a plus rien à rembourser ?

— Pas de crédit.

Il me semblait que Bubba Sewell me l'avait indiqué. Oui, c'était bien cela. Jane avait payé son prêt jusqu'au décès de sa mère. Ensuite, elle avait pu rembourser en une seule fois.

— Tu disposes donc d'une maison, sans crédit, et tu ne la veux pas ? J'aurais pourtant pensé qu'une maison avec deux chambres était idéale, pour toi. Mais bien sûr, ajouta-t-elle en retombant sur terre, je la mets sur le marché pour toi quand tu veux.

Une frêle et jolie femme d'environ trente ans passa la tête dans la pièce.

— Eileen, je vais faire visiter la maison Youngman, si tu as les clés quelque part, annonça-t-elle avec un sourire malicieux.

— Idella ! Ce n'est pas vrai ! Je suis incorrigible ! s'écria Eileen en se frappant le front du plat de la main – mais pas trop fort, pour ne pas abîmer son maquillage.

— Pardon, je ne savais pas que tu avais de la visite, s'excusa la jeune femme.

— Idella, je te présente Aurora Teagarden, la fille d'Aida, fit Eileen en fouillant son sac. Aurora, je crois que tu n'as pas encore rencontré Mlle Yates. Elle est arrivée chez nous il y a quelques mois.

Tandis que nous échangions les formules d'usage, Eileen persistait dans ses recherches et finit par découvrir une clé portant une grosse étiquette.

— Idella, hurla-t-elle, je suis vraiment désolée. Je ne sais pas pourquoi j'oublie toujours de remettre les clés au tableau. Chaque fois que nous prenons une clé pour faire visiter une maison, nous sommes censés la remettre au tableau principal, sur lequel Patty veille avec diligence, m'expliqua-t-elle. Mais pour une raison que j'ignore, je ne parviens pas à m'enfoncer ça dans le crâne.

— Ce n'est pas grave, la rassura Idella gentiment.

Elle m'adressa un signe de tête et s'en alla – après avoir malgré tout consulté sa montre d'un regard appuyé, signifiant subtilement par là que si elle arrivait en retard à son rendez-vous, Eileen en serait responsable.

Cette dernière la suivit du regard, une expression curieusement troublée dans les yeux. Son visage ne reflétait d'habitude que des émotions positives et je ressentis un léger malaise à voir sa mine perturbée.

— Elle a quelque chose de bizarre, cette femme, conclut-elle brusquement.

Puis elle reprit le cours de ses idées, et son visage ses lignes habituelles.

— Revenons à ta maison. Est-ce que tu sais par exemple de quand date la toiture ? Si elle est rattachée au tout-à-l'égout ? La date de construction ? Je crois que toutes les maisons du coin ont été construites en 1955. Début des années soixante pour certaines.

174

— Si je prends la décision, je trouverai toutes les informations.

Je me demandais pourtant comment je pourrais me renseigner sur le toit. Je serais obligée de reprendre tous les papiers de Jane un à un. À moins que l'un des voisins ne se souvienne d'avoir vu les couvreurs à l'œuvre. Un soupçon d'idée me traversa l'esprit. L'une des maisons était-elle beaucoup plus ancienne ? Dans ce cas, pourrait-elle comporter un sous-sol ou un tunnel (dans lequel le cadavre aurait séjourné avant d'être rejeté au bout de la rue) ?

Je posai la question à Eileen, qui rejeta l'idée immédiatement en secouant la tête énergiquement.

— Quelle drôle d'idée, Roe. La nappe phréatique est bien trop proche de la surface, dans cette zone. Et avant la construction du collège, il n'y avait rien, là, à part des bois.

Elle insista pour me raccompagner à la sortie. Ce n'était probablement pas dû au fait que j'étais la fille de la patronne, car Eileen n'était pas un lèche-bottes, mais plutôt parce que j'étais devenue une cliente potentielle.

— Finalement, quand revient ta mère ?

— Bientôt, j'imagine. Cette semaine, je crois. Elle n'a rien dit de précis. Elle ne voulait pas appeler au bureau. Peut-être qu'elle a eu peur : si elle vous parlait, elle se serait mise à penser au travail. Elle m'a juste choisie comme messager.

On s'affairait dans toutes les pièces où nous passions. Les téléphones sonnaient, on photocopiait des papiers et l'on remplissait des serviettes de dossiers.

Pour la première fois de ma vie, je me demandais à combien s'élevait la fortune de ma mère. Maintenant que j'étais à l'abri du besoin, je permis à ma curiosité de montrer le bout de son nez. Nous ne parlions jamais d'argent. Elle en avait suffisamment pour ne manquer de rien et vivre comme elle l'entendait – des vêtements coûteux, une voiture de luxe (elle disait que cela impressionnait les clients), et quelques beaux bijoux. Elle ne pratiquait aucun sport mais avait fait installer un tapis de course dans l'une de ses chambres. Je savais qu'elle vendait énormément de biens et j'imaginais qu'elle prenait un pourcentage sur ce que vendaient ses collaborateurs. Je ne savais pas très bien comment cela fonctionnait. Je m'étais toujours dit que cela ne me regardait pas. Une autre interrogation me vint soudain : avait-elle rédigé un nouveau testament, maintenant qu'elle avait épousé John ? Je me sentis honteuse de me poser ce type de question et me toisai sévèrement dans le rétroviseur, en patientant à un feu rouge.

Pour sa part, John avait beaucoup d'argent. Et deux fils.

Je secouai la tête pour me débarrasser de ces réflexions embarrassantes. Je tentai de me rassurer sur mon état d'esprit : il était bien naturel de penser à la mort, aux testaments, et même à l'argent, vu les circonstances. Je n'étais pourtant pas très fière de moi. Par conséquent, lorsque j'aperçus Bubba Sewell qui m'attendait devant la maison sur Honor Street, comme si mon cerveau l'avait fait apparaître, l'agacement me gagna.

Je le saluai d'un ton hésitant en sortant de ma voiture. Il s'extirpa de la sienne et marcha vers moi.

176

— Je n'étais pas certain de vous trouver ici. J'ai appelé la bibliothèque et on m'a dit que vous étiez en repos aujourd'hui.

— Je ne travaille pas tous les jours, précisai-je de façon parfaitement inutile. Je suis venue voir les chatons.

Ses sourcils épais s'envolèrent littéralement.

— Les chatons ?

— Madeleine est revenue. Elle a eu des chatons, dans le placard de la chambre de Jane.

— Est-ce que Parnell et Leah sont venus ici ? Ils vous ont embêtée ?

— Je crois que Parnell estime qu'on est quittes, puisque j'ai quatre chatons à donner...

Il partit d'un grand éclat de rire. Un peu forcé.

— Dites-moi, le dîner de gala de l'association du barreau se tient le week-end prochain. Je me demandais si vous accepteriez de m'y accompagner.

Stupéfaite, je faillis en rester la bouche ouverte. Premièrement, il était censé sortir avec mon amie la belle Lizanne. Deuxièmement, j'aurais pu jurer qu'il ne s'intéressait pas à moi.

Pour ma part, et malgré mon expérience limitée, j'avais appris depuis longtemps déjà qu'il était largement préférable de se trouver à la maison, seule, avec un bon livre et un paquet de chips, plutôt que dehors, en compagnie de quelqu'un qui ne vous inspirait absolument rien.

Je manquais d'habitude pour ce genre de circonstance et me jetai à l'eau malgré tout.

— Je suis désolée, Bubba. C'est juste que... je suis très occupée ces temps-ci. Mais merci de me l'avoir proposé.

Gêné, il détourna le regard.

— Entendu. Une autre fois, peut-être.

Je lui adressai un sourire aussi évasif que possible.

— Est-ce que… tout va bien ? demanda-t-il brusquement.

Tiens, tiens. Dans quelle mesure était-il au courant ?

— Vous avez lu l'article sur les ossements retrouvés autour du panneau ?

Le titre se situait juste en dessous du papier qui parlait de la candidature de Bubba. « Des employés municipaux font une macabre découverte ». Il ne s'agissait que de quelques paragraphes et l'édition du lendemain s'étendrait certainement beaucoup plus. On nous apprenait que le squelette allait être transféré auprès d'un pathologiste judiciaire, ce qui me laissait espérer que nous en saurions bientôt peut-être plus sur l'âge et le sexe de son propriétaire. J'émergeai de mes pensées pour m'apercevoir que Bubba Sewell me dévisageait avec une certaine appréhension.

— Les ossements ? m'encouragea-t-il. Un squelette ?

— Eh bien, sans crâne… murmurai-je.

— C'était dans le journal, ça ? demanda-t-il vivement.

Révélateur. Je n'avais pas fait exprès. L'absence de crâne n'avait pas été mentionnée dans l'article.

— Mon Dieu, Bubba, mais je ne sais plus…

Nos regards étaient fichés l'un dans l'autre.

— Il faut que j'y aille, repris-je après un temps. Les chats m'attendent.

— Oui, bien sûr.

Il serra les lèvres, avant de les relâcher.

178

— Bon, si vous avez besoin de moi, vous savez où me trouver. Au fait, vous avez su que je me présentais aux élections ?

— Oui. J'ai appris ça, effectivement.

Nouvel échange de regards.

Puis je remontai mon allée et tournai la clé dans la serrure. Madeleine se glissa instantanément par l'ouverture et se dirigea droit sur la terre meuble au pied des buissons. Son bac à litière n'était qu'un système de secours. Elle préférait l'air libre et l'extérieur. Lorsque je me retournai pour refermer la porte, Bubba Sewell avait déjà disparu.

10

Pendant quelques heures, je m'affairai sans but précis dans ma « nouvelle » maison. Elle était à moi. Tout à moi. Toutefois, je n'en ressentais plus de joie. Je préférais ma propre maison, une location pourtant sans charme particulier. Elle était plus spacieuse et j'en avais pris l'habitude. J'appréciais énormément d'avoir un étage, que je n'étais pas obligée d'astiquer à fond dès que je recevais de la visite. Pourrais-je supporter de vivre en face de chez Arthur et Lynn ? Avec l'imprévisible Marcia Rideout comme voisine ? Les étagères de Jane disparaissaient sous ses livres. Où pourrais-je ranger les miens ? Néanmoins, si je vendais cette maison pour en acquérir une plus grande, le jardin serait sans doute plus étendu, et je n'avais jamais jardiné. Si Torrance ne tondait pas la pelouse, je ne m'en sortirais jamais avec celui-ci. Je serais peut-être obligée de me tourner vers les jardiniers qui géraient les pelouses de notre résidence.

Mes pensées tournaient en rond et moi également. J'ouvris tous les placards de la cuisine les uns après les autres, pour déterminer ce que je possédais en double et ce que je pourrais donner à l'église baptiste. La paroisse entreposait dans une salle tout l'équipement domestique qu'on lui apportait, le destinant à des familles dont la maison aurait brûlé ou souffert d'un autre désastre. Je finis par choisir au hasard et transportai le tout à ma voiture sans rien emballer. Je manquais de cartons. Sur un plan émotionnel, je faisais aussi du surplace, incapable de déterminer quelle stratégie je devais adopter.

Je voulais démissionner de mon travail. J'avais peur de le faire. L'argent de Jane me semblait trop beau pour être vrai. Je craignais de le perdre, d'une façon ou d'une autre.

Je voulais jeter le crâne dans le lac. J'étais également terrifiée par la personne qui avait réduit cet être humain à l'état de crâne.

Je voulais vendre la maison de Jane, parce qu'elle ne me plaisait pas tout à fait. Je voulais y habiter, parce qu'elle m'appartenait.

Je voulais qu'Aubrey Scott m'adore. Un pasteur devait forcément avoir un mariage de rêve, non ? Je ne voulais pas devenir Mme Scott, car je n'avais pas assez de force d'âme pour être une bonne épouse de pasteur. Une bonne épouse de pasteur serait sortie illico de cette maison, crâne en main, pour aller le déposer à la police. Et je savais qu'Aubrey était un homme trop sérieux pour sortir avec une femme sans envisager de se marier avec elle.

J'emportai casseroles et poêles à l'église, où l'on me remercia avec tant d'effusion que je me sentis un peu rassérénée. Je n'étais peut-être pas une si mauvaise fille, après tout.

Sur le chemin du retour, je cédai à une impulsion et m'arrêtai à la banque de Jane. M'étant assurée que la clé du coffre se trouvait toujours dans mon sac, je pénétrai à l'intérieur d'un pas hésitant, craignant que l'on ne m'empêche d'accéder au coffre. Mes craintes n'étaient pourtant pas fondées. J'expliquai la situation à trois personnes différentes, quelqu'un se souvint d'une visite de Bubba Sewell et tout se régla facilement. Accompagnée par une dame en tailleur sobre, je réceptionnai le coffre de Jane. Lorsque je suis dans ce type de lieu, j'ai toujours l'impression qu'un affreux secret se trouve enfermé quelque part. Toutes ces boîtes fermées à clé, la lourde porte, le personnel attentif… J'entrai dans une petite pièce qui ne contenait qu'une table et une chaise, et refermai derrière moi. Puis j'ouvris le coffre en me rassurant avec fermeté : il était trop petit pour contenir quoi que ce soit d'épouvantable. Il ne renfermait en effet rien d'épouvantable, mais bien au contraire beaucoup de beautés. Je relâchai d'un coup ma respiration. Qui aurait jamais pu imaginer que Jane veuille les porter ?

Il y avait une broche en forme de ruban noué, sertie de grenats sur les longueurs et de diamants sur la partie centrale du nœud. Des boucles d'oreilles assorties, grenat et diamant aussi. Une mince chaîne d'or qui portait une émeraude. Un collier de perles et son bracelet. Quelques bagues, dont aucune n'était spectaculaire ni probablement hors de prix. Mais toutes de valeur et très jolies. J'avais l'impression d'avoir ouvert le coffre au trésor dans la caverne des pirates.

Et tout m'appartenait ! Les pièces n'avaient pas de portée sentimentale pour moi car je ne les avais jamais vues sur Jane. Sauf peut-être les perles... Oui. Elle les avait portées à un mariage auquel nous avions assisté toutes les deux. Jane et moi avions toutes les deux de petites mains. Je glissai les bagues à mes doigts. Elles étaient très légèrement trop grandes. J'essayais de me représenter ce que je pourrais porter avec le ruban noué et ses boucles... Mon tailleur d'hiver blanc ? Oui, ce serait parfait. Tout en jouant doucement avec les bijoux du bout des doigts, je compris que malgré l'assurance de Bubba Sewell, qui m'avait bien dit que le coffre n'abritait rien d'autre, j'étais déçue de ne pas y trouver de lettre de Jane.

Je rentrai et passai une heure à observer Madeleine et ses petits. J'étais incapable de calmer mon agitation. Je finis par me laisser tomber sur le canapé pour regarder CNN. Je m'emparai d'un livre de Jane sur Jack l'Éventreur, écrit par Donald Rumbelow. Je le connaissais bien et me mis à parcourir certains de mes passages préférés. Jane avait marqué une page d'un morceau de papier et mon cœur se mit à cogner dans ma poitrine. Pendant une fraction de seconde, je crus qu'elle m'avait laissé un message, quelque chose de moins laconique que « ce n'est pas moi ». Mais ce n'était qu'une vieille liste de courses – œufs, muscade, tomates, beurre...

Je me redressai d'un coup. Ce petit papier-ci n'était qu'une fausse joie. Mais pourquoi n'y en aurait-il pas d'autres ? Jane aurait rangé ses messages là où elle pensait que je les trouverais. Elle savait que personne d'autre que moi ne toucherait à ses livres. Le premier

avait été un livre traitant de Madeleine Smith, la spé-
cialité de Jane. Je fouillai et secouai tous les autres
livres concernant le sujet. Rien.

Avait-elle plutôt choisi un recueil concernant l'une
des affaires qui m'avaient le plus intriguée ? Jack
l'Éventreur, ou Julia Wallace. L'unique ouvrage de Jane
sur Jack était entre mes mains. Pas de message là non
plus. Jane possédait un seul livre sur Julia Wallace –
rien. Theodore Durrant, Thompson et Bywater, Sam
Sheppard, Reginald Christie, Crippen… J'explorai tous
ses ouvrages sur les crimes historiques, sans résultat.

Je furetai ensuite dans tous ses romans, dont de
nombreux auteurs étaient des femmes – Margery
Allingham, Mary Roberts Rinehart, Agatha Christie…
La vieille école. Contre toute attente, Jane possédait
également un rayonnage entier de fantastique médié-
val et de science-fiction. Pour commencer, je le laissai
de côté, car Jane ne se serait pas attendue à ce que je
cherche à cet endroit.

Finalement toutefois, je les épluchai aussi.

En l'espace de deux heures, j'avais perquisitionné la
bibliothèque entière et retourné chaque volume. Seul
un brin de bon sens m'avait retenue de les lancer au
sol à chaque recherche. J'avais même lu toutes les
enveloppes glissées dans le présentoir artisanal
accroché au mur de la cuisine. Toutes les lettres ou
presque provenaient d'amis ou d'associations carita-
tives. Agacée, je les fourrai à leur place, avec l'intention de les étudier ultérieurement.

Jane ne m'avait laissé aucun message supplémentaire. J'avais l'argent, la maison, Madeleine (et ses
petits), le crâne, et le message qui affirmait « ce n'est
pas moi ».

Un coup péremptoire à la porte me fit sursauter. Assise par terre et perdue dans mes pensées moroses, je n'avais entendu personne approcher. Je me ruai sur le judas puis ouvris la porte à toute volée. La femme qui se tenait sur le seuil était d'une apparence aussi soignée que Marcia Rideout. Inaccessible et lointaine, elle semblait ne pas ressentir les effets de la chaleur. Elle me dépassait d'une bonne douzaine de centimètres. Elle ressemblait à Lauren Bacall.

— Mère !

Je m'exclamai joyeusement et la serrai brièvement contre moi – elle m'aimait, assurément, mais n'appréciait pas qu'on froisse ses vêtements.

— Aurora, murmura-t-elle avant de donner une caresse à mes cheveux.

— Tu es revenue quand ? Allez, entre !

— Je suis rentrée très tard hier soir, expliqua-t-elle en regardant tout autour d'elle. J'ai essayé de t'avoir ce matin, quand nous nous sommes levés, mais tu n'étais pas chez toi. Tu n'étais pas à la bibliothèque non plus. Après un moment, j'ai décidé d'appeler au bureau et Eileen m'a parlé de cette maison. Qui est cette femme ? Celle qui te l'a léguée ?

— Comment va John ?

— Ne change pas de sujet. Tu sais très bien que je te raconterai tout plus tard.

— C'est Jane Engle. John la connaît – enfin, il la connaissait. Elle était membre des Amateurs de meurtres, elle aussi.

— Au moins, ce club n'existe plus.

Mère estimait que sa finalité n'avait rien d'honorable, et elle avait éprouvé quelques difficultés à laisser John se rendre aux réunions mensuelles.

186

— Oui. Enfin bon. Jane et moi étions amies grâce au club. Elle ne s'est jamais mariée. Alors quand elle est morte, elle m'a laissé sa... succession.

— Sa succession, répéta-t-elle d'un ton qui devenait coupant. Et pourrais-je te demander en quoi, au juste, consiste cette succession ?

Je n'avais que deux possibilités : lui répondre, ou faire obstruction.

Si je ne lui disais rien, elle tirerait des ficelles jusqu'à obtenir satisfaction. Et elle disposait d'un certain nombre de ficelles...

— Jane Engle était la fille de Mme John Elgar Engle, précisai-je.

— La Mme Engle qui vivait dans ce fabuleux manoir sur Ridgemont Street ? Celui qui s'est vendu pour huit cent cinquante mille, parce qu'il fallait prévoir des travaux ?

S'il y avait bien une chose qu'on pouvait dire de mère, c'était qu'elle connaissait son domaine sur le bout des doigts.

— C'est bien cela.

— Mme Engle mère avait bien un fils, non ?

— Oui, mais il est mort.

— Elle est décédée il y a dix ou quinze ans tout au plus. Sa fille n'a pas pu dépenser tout cet argent ici.

Elle avait déjà évalué la maison.

— Je crois qu'elle avait déjà presque remboursé le crédit quand sa mère s'est éteinte.

— Bien. Tu as donc hérité de cette maison, et de... ?

— Cinq cent cinquante mille dollars. À quelques poils près. Et des bijoux.

Mère se figea, bouche bée. C'était bien la première fois de ma vie que je l'estomaquais. Elle n'est pas avide. Elle ressent toutefois le plus grand respect pour l'argent et les biens immobiliers. Ce sont les meilleurs indices de réussite professionnelle pour elle. Elle se laissa tomber brusquement dans le canapé et par réflexe, croisa ses jambes élégantes, gainées d'un pantalon qui venait de chez un grand couturier. Elle se permet en effet le pantalon à des occasions bien précises : vacances, cocktails au bord de la piscine, jours de congé. Elle préférerait mourir plutôt que d'être vue en short.

Je repris avec une touche de malice.

— Et bien sûr, j'ai la chatte et ses petits.

Mère répéta mes paroles, presque hébétée.

Le félin en question fit son apparition et un chœur de miaulements désespérés émana du placard de la chambre. Mère décroisa les jambes et se pencha en avant pour examiner Madeleine, comme si elle voyait un chat pour la première fois. L'intéressée se dirigea droit sur mère, ficha son regard dans ses yeux et d'un seul mouvement fluide, bondit sur le canapé et vint se rouler en boule sur les genoux de ma mère. Horrifiée, celle-ci n'esquissa pas le moindre mouvement.

— Tu as donc hérité de... cet animal ?

Je lui parlai alors de Parnell Engle et lui racontai toute la saga de Madeleine, qui était venue mettre bas « chez elle ».

Je remarquai que ma mère ne touchait pas à un seul poil de Madeleine et qu'elle ne bougeait pas les jambes pour la déloger.

Très raide, elle me demanda :

— De quelle race est-elle ?

— C'est un chat de gouttière, répondis-je avec surprise.

188

Puis je compris que mère était en train de l'évaluer.

— Tu veux que je te l'enlève ?

— Je veux bien.

Elle était toujours pétrifiée et soudain, je compris. Elle avait peur de Madeleine. Elle ressentait même de la terreur. Elle ne l'avouerait cependant sous aucun prétexte. Et c'était pour cela que nous n'avions jamais eu de chat à la maison durant mon enfance. Tous ses arguments sur les poils de chat qui s'accrocheraient partout, sur le bac à litière dont il faudrait s'occuper en permanence… Tout n'était qu'un écran de fumée.

J'étais fascinée.

— Tu as peur des chiens aussi ?

En faisant très attention, je récupérai Madeleine en la prenant dans mes bras et lui grattai les oreilles. Elle préférait manifestement les genoux de ma mère mais me supporta quelques instants avant d'indiquer qu'elle souhaitait que je la pose. De son pas souple, elle gagna ensuite sa litière, suivie des yeux épouvantés de ma mère. Je repoussai mes lunettes sur mon nez afin d'avoir une meilleure vision de ce spectacle époustouflant.

— En effet, avoua-t-elle.

Puis elle arracha son attention de Madeleine pour la focaliser sur mon expression. Elle remonta instantanément sa garde.

— Je n'ai tout simplement jamais aimé les animaux de compagnie. Bon sang, ma fille, va donc te faire faire des lentilles de contact et arrête de triturer ces lunettes, fit-elle avec grande fermeté. Bien. Donc tu as désormais beaucoup d'argent.

J'acquiesçai, toujours captivée par cette découverte d'un nouvel aspect de la personnalité de ma mère.

— Et que vas-tu faire ?

— Je ne sais pas encore. La succession n'est pas encore validée, mais d'après Bubba Sewell, ça ne prendra plus très longtemps.

— C'est lui, l'exécuteur testamentaire ?

— Effectivement.

— Il est très fin.

— Oui, je sais.

— Il est ambitieux.

— Il se présente à la Chambre des représentants.

— Alors il fera tout dans les règles. Quand on devient candidat, de nos jours, c'est comme si on passait sous un microscope.

— Il m'a invitée à dîner. Mais j'ai refusé.

— Excellente idée, approuva ma mère, à ma surprise. Il est toujours plus sage de ne pas mêler des relations d'ordre social à des transactions financières.

Je me demandais bien ce qu'elle penserait d'une relation d'ordre social sur fond de religion...

— Alors, vous avez passé de bonnes vacances ?

— Oui, mais John a attrapé un genre de grippe et nous avons dû rentrer. Le pire est passé pourtant et j'imagine qu'il se lèvera demain.

— Il n'a pas voulu rester là-bas jusqu'à ce qu'il soit remis ?

Pour ma part, je n'aurais jamais voulu voyager en étant malade.

— C'est ce que j'ai suggéré mais il a dit qu'il n'avait aucune envie de rester dans un endroit où tout le monde s'amusait alors qu'il était souffrant. Il préférait de loin se retrouver dans son lit, chez lui. Il s'est montré particulièrement têtu. Jusque-là en revanche, notre lune de miel s'est merveilleusement bien passée.

190

Ses traits avaient pris une douceur à peine discernable. Je compris à cet instant qu'elle était amoureuse. Cela ne se manifestait pas de la même façon que chez Amina, naturellement. Néanmoins et de toute évidence, il s'agissait bel et bien du grand amour.

Soudain, il me vint à l'esprit que John était revenu à Lawrenceton et s'était couché dans le lit de ma mère. Pas dans le sien.

— John a vendu sa maison ?

Elle me répondit d'un ton très égal.

— L'un de ses fils la voulait. Avery. Celui qui va avoir un enfant. C'est une grande maison, comme tu le sais.

— Qu'est-ce que John David en a pensé ? Je sais, ça ne me regarde pas.

John David était le second fils de John.

— Je n'aurais jamais eu la prétention de donner des conseils à John sur ses affaires de famille, répondit mère indirectement. John et moi avons signé un contrat de mariage pour gérer l'aspect financier de nos situations respectives.

J'en ressentis un vif soulagement. Je n'y avais jamais songé auparavant. Cependant, toutes les complications qui pouvaient surgir lorsque les deux parties avaient des enfants adultes venaient de m'apparaître. Ce n'était qu'aujourd'hui que j'avais pensé pour la première fois à ce que ma mère me laisserait. La connaissant, j'aurais dû me douter qu'elle s'occuperait de tout dans les moindres détails.

— Je ne lui ai donc rien conseillé, poursuivit ma mère. Mais il pensait tout haut en réfléchissant à ce qu'il convenait de faire.

191

— Il est vrai que tu es une spécialiste, dans ce domaine.

— Il m'a demandé à combien j'estimais la maison, sur le marché actuel.

— Et ?

— Je l'ai fait évaluer. Et je crois – je crois, mais je ne sais rien pour sûr – qu'il a versé à John David la somme qui correspond à la valeur du bien, et qu'il a fait don de la maison à Avery.

— Alors John David n'en voulait pas ?

— Non. Avec son travail, il déménage fréquemment et ça n'aurait pas été logique pour lui d'avoir une maison à Lawrenceton.

— Tout s'est donc bien arrangé, finalement.

— Et maintenant, je vais te dire comment j'ai organisé les choses de mon côté pour la maison.

— Oh maman ! protestai-je.

— Non, il faut que tu saches, insista-t-elle avec résolution.

— Bon, d'accord, cédai-je avec réticence.

— Pour moi, un homme a besoin de savoir qu'il a une maison qui lui appartient. Et puisque John a renoncé à sa maison, je lui ai laissé la mienne, pour toute la durée de sa vie. Par conséquent, si je quitte cette terre avant John, il a le droit d'y rester jusqu'à sa mort. J'ai trouvé que c'était la seule chose à faire. C'est équitable. Mais lorsqu'il aura fermé les yeux, elle sera à toi et tu pourras en faire ce que tu voudras bien sûr.

C'était décidément la saison des héritages, pour moi. Et je réalisai soudain que mère me laisserait également son affaire et son argent. Si l'on ajoutait à

192

cela l'argent de Jane et sa petite maison, je ne serais plus obligée de travailler de toute ma vie.

Quelle étrange perspective.

— Tu peux faire tout ce que tu veux, lui dis-je rapidement, voyant qu'elle me dévisageait curieusement. Je n'ai pas envie d'en parler.

— Il faudra bien un jour, pourtant, m'avertit-elle.

Mais qu'avait-elle donc, aujourd'hui ? Le fait de se remarier lui avait-il donné une nouvelle conscience de sa propre mortalité ? Était-ce le contrat de mariage, qui établissait ce qui se passerait après sa mort ? Elle revenait de sa lune de miel et devrait au contraire se montrer plutôt... guillerette.

— Pour quelle raison m'en parles-tu maintenant ? demandai-je sans prendre de gants.

Elle marqua une pause.

— Je ne sais pas, conclut-elle, déconcertée. Je n'avais pas du tout l'intention d'évoquer cela en venant ici. J'allais te raconter notre voyage – l'hôtel, la plage, notre excursion... – et finalement, je me suis laissée distraire. C'est quand nous avons parlé de ce que Jane Engle t'a laissé que mes pensées ont pris le même chemin, je pense. Évidemment, maintenant, tu es déjà à l'abri du besoin. Je trouve cela vraiment bizarre, que Jane ait tout laissé à quelqu'un qui ne fait même pas partie de sa famille. Vous n'étiez pas des amies très proches, me semble-t-il.

— Moi aussi, je suis étonnée, avouai-je.

Je ne voulais pas dire à ma mère que Jane m'avait choisie parce qu'elle estimait que nous nous ressemblions : j'étais un vrai rat de bibliothèque et célibataire par-dessus le marché. Nous avions en outre un autre trait en commun : notre fascination pour la mort, du moins dans les pages d'un livre.

— Beaucoup de personnes vont se poser des questions, ajoutai-je.

Elle réfléchit à ma remarque, et attendit, avec tact, que je l'éclaire sur les motivations de Jane.

Constatant que je n'allais pas m'exécuter, elle reprit la parole.

— Je suis très contente pour toi. Et je ne pense pas qu'il faille s'inquiéter de ce que les gens vont dire.

— Merci.

— Je ferais mieux d'aller rejoindre mon pauvre cher et tendre, annonça ma mère d'un ton affectueux.

Il était assez insolite de l'entendre s'exprimer ainsi. Je lui souris soudain sans y réfléchir.

— Je suis contente pour toi, moi aussi, lui dis-je avec sincérité.

— Je le sais.

Elle rassembla son sac et ses clés et je me levai pour l'accompagner à sa voiture.

Alors que mère me parlait d'une soirée qu'un vieil ami voulait donner pour elle et John et à laquelle j'étais invitée, et que de mon côté, je me demandais si je pouvais y aller en compagnie d'Aubrey Scott, Marcia Rideout sortit par sa porte de devant. Elle portait un nouvel ensemble chemise et short impeccablement repassé. J'avais l'impression que sa blondeur avait éclairci d'un ton.

Arrivée à mi-chemin de son allée, elle lança un appel.

— C'est votre maman ? Vous avez une petite minute ?

Devant nos sourires polis, elle poursuivit sa course.

194

— Aida, vous ne vous souvenez peut-être pas de moi, commença-t-elle en inclinant la tête avec coquetterie. Mais nous étions toutes les deux au comité d'organisation de la Fête de l'Automne, il y a quelques années.

— Ah, mais oui ! Elle a eu beaucoup de succès, cette année-là, n'est-ce pas ?

Une chaleur toute professionnelle émanait de la voix de mère.

— Effectivement. Mais quel travail ! Bien plus que je ne l'avais pensé ! Dites-moi, nous sommes vraiment enchantés que Roe s'installe dans notre rue. Je ne sais pas si elle vous a dit, et apparemment, vous étiez en lune de miel, mais Torrance et moi, nous donnons une petite fête pour Aurora et nos nouveaux voisins...

D'un mouvement de sa tête blonde et lisse, Marcia indiqua la petite maison aux volets jaunes de l'autre côté de la rue.

— ... et nous serions absolument ravis que vous veniez avec votre nouveau mari.

Ma mère ne se démonte jamais.

— Ce serait avec grand plaisir. Malheureusement, John a rapporté une petite grippe des Bahamas. Mais je passerai peut-être, juste un instant, pour rencontrer le nouveau voisinage d'Aurora. Si mon époux se sent mieux, peut-être qu'il viendra, lui aussi. Tout ceci n'est pas très définitif, ça ne vous dérange pas, au moins ?

— Mais pas du tout, pensez-vous ! Le pauvre homme ! Une grippe par ce temps ! Et pendant sa lune de miel en plus !

— Qui sont les nouveaux arrivants ? s'enquit mère pour interrompre le flot de bienveillance de Marcia.

— Un lieutenant de police, avec sa toute nouvelle femme, qui exerce le même métier et qui va avoir un bébé d'un jour à l'autre ! Incroyable, non ? Je crois que je n'avais encore jamais rencontré de lieutenant de police, et voilà que nous en avons deux. Nous sommes désormais en sécurité ! Nous avons eu beaucoup de cambriolages ces dernières années. Mais je suis certaine que votre fille n'a aucune inquiétude à se faire, ajouta-t-elle à la hâte.

— S'agirait-il du lieutenant Arthur Smith ?

Un vent sibérien soufflait derrière les paroles de ma mère. Mon visage se crispa. Je n'avais jamais su si mère connaissait le détail de mes relations avec Arthur. Apparemment, oui. Je repoussai mes lunettes afin de me donner un prétexte pour détourner le regard.

— Absolument. C'est un jeune homme à la mine très sérieuse. Et je le trouve très beau. Pas aussi beau que le prétendant de Roe, naturellement.

Elle eut le culot de m'adresser un clin d'œil.

— Ah bon ? Vous trouvez ? réagit ma mère de son ton le plus aimable.

Je me mordis la lèvre.

— C'est certain ! Ah, ce pasteur ! Il est si brun, si grand. Quand on voit Torrance, mon mari, on voit bien que j'adore les grands bruns. Et cette moustache ! Ce n'est peut-être pas une chose à dire, pour un pasteur, mais c'est d'un sexy !

Je voyais bien que ma mère avait parfaitement intégré la description.

196

— Eh bien, je ferai de mon mieux pour venir. Merci infiniment de m'avoir invitée, déclara-t-elle très poliment.

Il était indiscutable qu'elle mettait fin à la conversation.

— Bon, eh bien, je vais me remettre à mon ménage, déclara Marcia avec gaieté.

Après une cascade d'au revoir, elle s'en fut en trottinant.

Mère attendit qu'elle soit hors de portée avant de se tourner vers moi.

— Tu sors avec le père Scott ? Et tu t'es remise de ce crétin de policier ?

— Affirmatif pour les deux questions.

Pendant un instant, elle eut l'air désarçonné.

— Tu as refusé l'invitation à dîner de Bubba Sewell, tu oublies Arthur Smith, et tu sors avec un pasteur, s'émerveilla-t-elle. Finalement, il y a de l'espoir pour toi.

J'agitais la main tandis qu'elle s'éloignait avec sa voiture et ressentis une certaine satisfaction narquoise à repenser au crâne enfermé dans sa housse à couvertures.

11

Animée par une bouffée d'énergie matinale, je braillais sous la douche lorsque le téléphone sonna. Bénissant intérieurement les répondeurs, je poursuivis mon interprétation de la *Bannière étoilée* – on ne devrait chanter notre hymne national que sous la douche. Surtout lorsqu'on fait partie, comme moi, des gens dont le registre vocal est assez limité. Tandis que je rinçais mes cheveux, je m'époumonai sur un florilège de mes pubs préférées et pour le final, me lançai dans un best of des tubes de *Barney et ses amis*[1].

Quand on aime chanter, mais sans public, il n'y a rien de mieux que de vivre seul.

J'étais d'humeur festive, sans trop savoir pourquoi. J'allais effectuer un service de cinq heures à la bibliothèque avant de rentrer chez moi et de me préparer pour la soirée. J'étais contente à l'idée de voir Aubrey,

---

1. *Barney et ses amis* est une émission de télévision américaine pour enfants.

sans être folle de joie. Je m'habituais plus ou moins à l'idée d'être riche – le concept me faisait encore frissonner. Et j'étais en attente sur la question du crâne. Je m'examinai dans la glace tout en appliquant un peu de fard à paupières.

— Je vais démissionner, informai-je mon reflet avec un sourire.

Quelle satisfaction intense et exquise que d'être en mesure de prononcer cette phrase ! D'avoir le pouvoir de décider. L'argent, c'est fabuleux.

Je me souvins tout à coup que j'avais reçu un message et appuyai sur le bouton du répondeur. Je souriais toujours très bêtement à mon miroir et mes cheveux, bientôt secs, commençaient à virevolter autour de ma tête comme une auréole brune et bouclée.

— Roe ? commença une voix lointaine et hésitante. C'est Robin Crusoe. Je suis en Italie. J'ai appelé chez moi et Phil m'a donné ton message. C'est celui qui sous-loue mon appartement. Il m'a dit qu'Arthur avait épousé quelqu'un d'autre. Je peux te voir, à mon retour d'Europe ? Si tu crois que ce n'est pas une bonne idée, envoie-moi un mot. Enfin, écris-moi dans tous les cas, comme ça, j'aurai ta lettre en rentrant. C'est-à-dire d'ici quelques semaines. À la fin du mois prochain. Ou même plus tôt, parce que je commence à manquer d'argent. Au revoir.

Je m'étais figée dès le premier mot, ma brosse en l'air. Je m'assis et respirai par à-coups pendant quelques secondes. Je me mordais les lèvres doucement et mon cœur battait à tout rompre, je l'avoue. Robin avait été mon locataire, mon ami, et il avait failli être mon amant. J'avais très envie de le retrouver. J'allais

200

avoir le plaisir de composer une belle lettre, qui l'informerait avec subtilité que je serais heureuse qu'il passe chez moi dès son retour. Il ne faudrait néanmoins pas lui donner l'impression que je l'attendais en me morfondant à Lawrenceton avec la langue pendante. Je voulais vraiment le revoir. S'il n'avait pas changé d'avis d'ici là. Et de même pour moi. Je prendrais tout mon temps pour écrire cette missive...

Je finis de me brosser les cheveux, qui se mirent à crépiter en volant dans tous les sens. Puis je les rassemblai avec un élastique à la moitié de leur longueur et nouai un gros nœud par-dessus. C'était un peu plus original qu'une queue de cheval classique. Pourtant, je mis l'un de mes uniformes de bibliothécaires qui irritaient tant Amina : jupe bleu foncé unie de longueur moyenne, chemisier rayé marine et blanc, collant ordinaire et chaussures, disons, moches, mais ultraconfortables. Je nettoyai mes lunettes avant de les remettre et de les repousser sur mon nez. Avec un signe de tête décidé en direction de mon reflet, je sortis de chez moi.

Si j'avais su danser le cha-cha-cha, je crois que je l'aurais fait, en remontant la rampe du parking des employés pour entrer dans la bibliothèque.

— Dis donc, on est bien enjouée, aujourd'hui ! me fit remarquer Lillian avec sarcasme.

Installée à la table de travail dans la salle de restauration des livres, elle buvait son café à petites gorgées.

— Oui, m'dame, ça c'est certain ! répondis-je en posant mon sac dans mon casier avant de refermer le cadenas d'un petit coup sec.

Je n'avais jamais perdu sa clé et c'était la seule cause de célébrité à laquelle je pouvais prétendre en tant que bibliothécaire de Lawrenceton. Je la gardais toujours sur moi grâce à une épingle à nourrice. Après l'avoir accrochée à mon col, je m'en fus d'un pas martial en chantonnant une marche militaire. Ou du moins ce que j'imaginais être une marche militaire.

Je frappai à la porte entrouverte et passai ma tête dans l'encadrement. Flanqué d'un côté d'une tasse de café fumante et de l'autre d'un cendrier dans lequel se consumait une cigarette, M. Clerrick s'était attaqué à une pile de papiers.

— Bonjour Roe, fit-il en relevant la tête.

Sam Clerrick était marié et avait quatre filles. Et puisqu'il travaillait ici, cela signifiait qu'il était entouré de femmes du matin jusqu'au soir. On aurait pu s'attendre à ce qu'il soit passé maître dans l'art de cohabiter avec elles… Pourtant, c'était bien dans la gestion humaine de son personnel qu'il brillait le plus par son incompétence. Personne n'aurait pu l'accuser de favoritisme, vis-à-vis de qui que ce soit. Il n'appréciait aucune de ses employées. Il n'avait aucune idée de la façon dont nous vivions et ne tenait compte en aucune manière de nos personnalités ou de nos préférences de travail. Personne ne l'aimerait jamais. Et personne ne pourrait jamais lui reprocher d'être injuste.

En présence d'un être aussi impersonnel que Sam Clerrick, l'angoisse me gagnait toujours. Soudain, il ne me semblait plus si simple de démissionner.

Je pris mon courage à deux mains tant qu'il m'en restait encore un peu, et pris la parole.

— Je plaque tout. Je pars.

Il me fixa, par-dessus ses lunettes en demi-lune, et le peu d'assurance dont je disposais s'évanouit prestement.

— Je ne suis qu'à temps partiel, de toute façon, et je crois que vous n'avez plus vraiment besoin de moi.

— Vous voulez dire que vous démissionnez, plaquez tout, partez, à compter d'aujourd'hui ?

— Ah, euh, je ne sais pas, répondis-je comme une idiote.

Après un petit temps de réflexion, je repris.

— Vous avez trois remplaçantes vacataires sur votre liste et je sais qu'au moins deux d'entre elles aimeraient être embauchées en contrat à temps partiel. Par conséquent, je démissionne, plaque tout et pars dans cinq heures.

— Quelque chose ne va pas ? Vous souhaitez qu'on en parle ?

Je pénétrai alors entièrement dans la pièce.

— J'aime bien travailler ici, ça va. Mais financièrement, je ne suis plus obligée de travailler, et en plus, j'ai besoin de changement.

— Vous n'avez plus besoin de gagner de l'argent ? s'étonna-t-il.

Il devait être la dernière personne de tout Lawrenceton qui ne soit pas au courant.

— J'ai fait un héritage.

— Oh, mon Dieu, votre mère ne nous a pas quittés, j'espère ?

Son désarroi était tel qu'il en reposa son crayon.

— Non, ce n'était pas quelqu'un de ma famille.

— Ah. Tant mieux. Eh bien. Je suis navré de vous voir partir. Pourtant, vous nous avez apporté une certaine… notoriété, l'an dernier. Cela fait même plus d'un an, maintenant.

— Vous avez hésité à me licencier, à cette époque ?

— En réalité, je me retenais de le faire en espérant que vous assassineriez Lillian.

Je le dévisageai, bouche bée, avant de comprendre que Sam Clerrick venait de faire une plaisanterie. J'éclatai de rire, et il en fit autant. Il ressemblait soudain à un être humain.

— Ce fut un plaisir, lui dis-je, sincère pour la première fois.

Puis je me retournai et quittai son bureau.

— Votre assurance maladie s'arrête dans trente jours, me lança-t-il, de nouveau égal à lui-même.

Curieusement, la matinée fut terriblement calme. Je ne voulais parler à personne de mon départ avant l'heure dite. Je me cachai dans les livres toute la matinée, m'affairant sans but bien déterminé. Je n'avais pas de pause déjeuner. En effet, pour un service de cinq heures, j'étais censée l'apporter avec moi ou demander à une collègue de me prendre quelque chose, et le manger à toute vitesse. Mais j'aurais été obligée de m'installer dans la pièce commune et, nécessairement, de faire la conversation à quelqu'un, sans révéler mes intentions. Ce qui me semblait malhonnête. Je traînai donc jusqu'à 14 heures – j'étais désormais affamée – avant de me lancer dans le rituel des départs. « Au revoir, j'ai bien aimé travailler avec toi, je viendrai souvent chercher des livres alors on se reverra… »

Je ressentis plus de peine que prévu. Même le fait de prendre congé de Lillian ne me procura pas le plaisir intense que j'avais imaginé. Elle me manquerait : à

204

ma grande honte, je compris qu'à côté d'elle je me sentais plus vertueuse et plus intelligente (moi au moins, je ne me plaignais pas de chaque infime changement dans notre routine de travail ; moi au moins, je ne rebattais pas les oreilles de mes collègues désespérés avec des détails inintéressants concernant des événements inintéressants ; moi au moins, je savais qui était Benvenuto Cellini[1]). En outre, il me revint en mémoire que Lillian avait fini par me soutenir, lors des terribles événements de l'année passée.

— Maintenant, tu pourras chasser le mari à plein temps, m'asséna Lillian et mes scrupules s'évanouirent d'un coup.

Je lus dans son visage que la seule chose qu'elle possédait, que je n'avais pas, et que je pouvais vouloir à tout prix, c'était un mari.

— Nous verrons bien, répondis-je en agrippant mes mains l'une à l'autre derrière mon dos pour ne pas l'étrangler.

Ensuite, je récupérai mon sac, restituai la clé de mon casier, et sortis par la porte de derrière pour la dernière fois.

Je me dirigeai droit vers l'épicerie. J'avais faim. Et je voulais prendre de quoi garnir le réfrigérateur de la maison de Honor Street. Je parcourus le magasin à toute allure, remplissant mon chariot sans retenue. Je fêtais ma démission en choisissant un repas de luxe à réchauffer au four à micro-ondes, le genre dont l'assiette est réutilisable. Un véritable caprice, du moins pour moi. Maintenant, j'allais avoir le temps

---

1. Benvenuto Cellini était un artiste florentin de la Renaissance, entre autres dessinateur, orfèvre et sculpteur.

de cuisiner. Avais-je seulement envie de me perfectionner dans ce domaine ? Je savais préparer des spaghettis. Et de la tarte aux pacanes. Était-il utile d'en savoir plus ?

J'y repenserais plus tard. J'avais tout le temps. J'étais une dame de loisirs. Un concept qui résonnait harmonieusement parmi mes neurones.

La dame de loisirs décida de célébrer son statut en s'offrant un nouvel ensemble qu'elle porterait pour la soirée des Rideout. Je n'irais pas chez Great Day cette fois-ci. J'allais injecter un peu de ma fortune ailleurs, chez Marcus Hatfield. En principe, je n'étais pas à l'aise chez eux, même s'il ne s'agissait que d'une filiale du grand magasin d'Atlanta. Il y avait trop de choix pour moi. Et je me sentais agressée par la perfection de la tenue des vendeuses, tirées à quatre épingles. Néanmoins, ma rencontre avec Marcia m'avait peut-être immunisée contre cette réaction. Aujourd'hui, je me sentais capable d'affronter même la conseillère en cosmétique et parfumerie.

Je tirai sur ma jupe et me redressai avant de pénétrer dans le magasin, le dos bien droit. Je pouvais me permettre tout ce que je souhaitais ici et je ne devais pas l'oublier. Je fus presque instantanément abordée par une vendeuse, une vision de rêve toute en courbes, fleurs vives, ongles impeccables et maquillage subtil.

— Salut voisine, fit la vision.

C'était Carey Osland, en tenue de travail. Je comprenais aisément pourquoi elle affectionnait chez elle des vêtements plus décontractés. Elle était magnifique et tout à fait délicieuse. Malgré tout, elle n'était pas à l'aise.

— Je suis contente de te voir, déclara-t-elle tandis que je décodais son identité.

— Moi aussi, répondis-je faiblement.

— Je peux t'aider ?

— Il me faut quelque chose à porter ce soir.

— La soirée sur la terrasse ?

— C'est cela. C'est tellement gentil de la part des Rideout !

— Marcia adore recevoir. Il n'y a rien qui lui fasse plus plaisir.

— D'après ce qu'elle m'a dit, elle se sent mal quand son mari part en déplacement.

— C'est le cas. Et j'imagine que tu as remarqué : quand il ne rentre pas pour la nuit, elle a tendance à boire un peu. C'est comme ça depuis que je l'ai rencontrée. Je ne suis pas une amie intime. Elle connaît tout le monde, en ville, mais elle n'est proche de personne. Tu pensais à quelque chose de plutôt sport ? Ou à une robe bain de soleil ?

— Pardon ?

— Pour la soirée.

— Ah, pardon. J'avais la tête dans les nuages. Hmm... et toi ? Tu t'habilles comment, ce soir ?

— Oh, je suis trop grosse pour un bain de soleil ! répondit Carey d'un ton enjoué. Mais pour toi, ce serait parfait, tu serais très jolie. Et pour que ça ne fasse pas trop habillé, tu pourrais porter des sandales sans talons et des bijoux assez simples.

Carey brandit une robe et je l'étudiai, dubitative.

— Je ne pourrai pas porter de soutien-gorge avec ça, fis-je remarquer.

— Absolument pas, confirma Carey très calmement.

— Ça s'agiterait un peu, là-dessous.

— Va l'essayer, m'encouragea Carey avec un clin d'œil. Si tu n'aimes pas, je te proposerai tout un tas d'ensembles short ou pantalon d'été qui conviendront très bien aussi. Mais enfile cette robe d'abord.

C'était la première fois que je me déshabillais presque totalement pour essayer des vêtements. Après avoir mis la robe, je sautillais sur place en observant mon reflet dans le miroir en pied, afin d'évaluer le niveau d'agitation. Pour une personne de ma taille, j'ai un décolleté assez généreux et l'agitation ainsi produite me fit hésiter.

— Alors, elle est comment ? lança Carey qui se tenait devant ma cabine.

— C'est-à-dire que… je ne sais pas vraiment.

Je sautillai de nouveau.

— J'y vais avec un pasteur, tout de même.

— C'est un être humain, m'informa Carey. Dieu a créé les poitrines en plus de tout le reste.

— On ne peut pas dire le contraire.

Je me tournai pour voir mon dos. Dénudé à l'extrême.

— Pas possible, Carey. Je n'oserai jamais.

— Montre-moi ça.

J'ouvris la porte de la cabine à contrecœur.

— Waouh ! Sublime ! s'extasia Carey en plissant des yeux. Et très sexy, ajouta-t-elle à mi-voix, complice.

— Je ne suis vraiment pas à l'aise. Et j'ai froid dans le dos.

— Il va adorer.

— Je ne sais pas…

Je m'examinai de nouveau dans la grande glace au bout de la rangée de cabines et réfléchis. Non. Je ne pouvais tout simplement pas porter cette robe en compagnie de quelqu'un avec qui je n'avais pas encore passé la nuit.

— Je ne vais pas la porter ce soir, mais je vais l'acheter quand même, je crois. En revanche, je n'ai toujours rien pour la soirée.

Carey se glissa immédiatement dans son rôle de parfaite conseillère. La robe orange et blanc disparut pour être accrochée sur un cintre et elle m'apporta d'autres tenues à essayer. Elle semblait convaincue que je voulais donner une image provocante et sophistiquée. À tel point que je finis par regretter de ne pas être allée chez la mère d'Amina. Carey finit par me proposer un short et un haut qui représentaient un bon compromis. Le short rouge, en jersey de coton, avait une coupe ample qui lui donnait l'aspect d'une petite jupe. Il était ceinturé d'un long morceau d'étoffe assortie à celle du haut. Celui-ci était blanc à pois rouges, avec un grand décolleté rond. Vêtue de la sorte, j'exposai une belle étendue de peau, mais je me sentais moins vulnérable qu'avec mon dos nu. Carey me convainquit de prendre des sandales rouges ainsi qu'un bracelet et des boucles de la même teinte. Puis je mis un terme à mon accès de shopping.

Après avoir tout rapporté chez moi, je passai un appel à Aubrey, à son église.

— C'est de la part de qui ? demanda la secrétaire.

— Roe Teagarden.

Elle eut une exclamation étouffée avant de reprendre la parole

— Mais bien sûr, Roe, je vais lui dire que c'est vous. Il est tellement gentil, cet homme. À Saint-John, on l'adore, vous savez.

Un tantinet déconcertée, je contemplai mon combiné un instant. Puis je compris qu'on supposait que je voulais gagner le cœur du pasteur et que j'avais besoin d'un coup de pouce. La congrégation de Saint-John estimait qu'il était temps pour son pasteur de se remarier. Apparemment, j'étais une candidate suffisamment respectable pour me présenter en tant que partenaire potentielle.

— Roe ?

Je repris mes esprits.

— Bonjour Aubrey. Dites-moi, je voulais qu'on se donne rendez-vous à la maison de Honor Street plutôt que chez moi, ce soir, si cela ne vous ennuie pas. Je voudrais nourrir le chat avant la soirée.

— Aucun problème. Est-ce qu'on est censés apporter quelque chose ? Une bouteille de vin ?

— Elle ne voulait rien, mais si vous voulez leur offrir une bouteille, je suis certaine que cela leur ferait plaisir.

C'était une gentille attention de sa part.

— C'est informel, ce soir, n'est-ce pas ?

— Oui, c'est sur leur terrasse.

— Très bien. Alors à ce soir, à votre nouvelle maison, dix-neuf heures.

— Parfait.

— J'ai hâte, ajouta-t-il doucement.

— Moi aussi.

J'arrivai en avance et rangeai ma voiture entièrement sous l'abri, afin de laisser de l'espace pour celle d'Aubrey. Après m'être occupée de Madeleine, je repensai aux vêtements qui étaient restés dans la commode de Jane et dont je ne m'étais pas encore occupée. J'ouvris l'un des tiroirs, souhaitant me rendre compte de ce que j'allais devoir affronter. C'était celui dans lequel elle rangeait ses tenues de nuit. Je ne m'attendais pas à son goût en matière de chemises de nuit... Ce n'était pas du tout ce que l'on imaginait d'ordinaire pour une petite mamie. Elles n'étaient pas coquines, mais tout simplement très jolies. Je sortis celle qui me plaisait le plus, un adorable petit bout de tissu rose, et l'admirai. J'allais peut-être même la garder. Puis je me dis soudain que j'allais passer la nuit ici. L'idée me plaisait énormément : les draps étaient propres, changés par la femme de ménage qui était venue s'occuper de tout après le départ de Jane pour l'hôpital ; j'avais rempli le réfrigérateur ; la climatisation tournait ; et il y avait une brosse à dents neuve dans la salle de bains, avec un tube de dentifrice non entamé. J'attendais avec impatience de savoir ce que je ressentirais en me réveillant dans ma nouvelle maison.

La sonnette retentit, annonçant l'arrivée d'Aubrey. Mal à l'aise en raison de mon décolleté, j'allai lui ouvrir. Et comme je m'y attendais, les yeux d'Aubrey tombèrent directement sur ma poitrine.

— Si vous aviez vu l'autre tenue qu'on m'a proposée...

— J'étais transparent à ce point-là ? me demanda-t-il, embarrassé.

— Carey Osland dit que Dieu a créé les poitrines en plus de tout le reste, l'informai-je.

Avant de fermer les yeux de désespoir. J'aurais voulu que le sol s'ouvre sous mes pieds.

— Carey Osland dit de belles choses, réagit-il avec ferveur. Vous êtes superbe.

Aubrey semblait très doué pour aplanir ce genre de situation embarrassante.

— Vous n'êtes pas mal non plus.

Il portait ce qui convenait pour quatre-vingt-dix pour cent des mondanités de Lawrenceton : un polo bleu marine et un pantalon de toile avec des mocassins.

— Maintenant que nous nous sommes admirés, ne serait-il pas temps d'y aller ?

Je consultai ma montre et répondis par l'affirmative.

Il m'offrit son bras, comme s'il était placeur à un mariage, et je l'acceptai en riant.

— Au fait, on m'a de nouveau choisie comme demoiselle d'honneur. Et vous savez ce qu'on dit, des femmes qui passent leur temps à être demoiselles d'honneur...

Je m'interrompis, furieuse contre moi-même d'avoir lancé le sujet des mariages.

Aubrey répondit avec tout le tact dont il était mani-festement coutumier.

— Oui, je le sais. On dit : « Quelle magnifique demoiselle d'honneur ! »

— Exactement, confirmai-je, soulagée.

Si je ne pouvais pas faire mieux que cela, je ferais bien de tenir ma langue toute la soirée.

Dès la première seconde, je compris qu'effective-ment, Marcia ne vivait que pour recevoir. Elle avait même recouvert les plats de petites cloches de fin grillage pour les protéger des mouches – une touche pratique très judicieuse en cette saison. Elle avait drapé les plus grandes tables, installées pour l'occa-sion sur le solarium, de nappes amidonnées d'une blancheur éblouissante. Marcia l'était tout autant, méticuleusement vêtue d'un short et d'un chemisier de coton bleus. Ses boucles d'oreilles étaient ravissantes et elle avait soigneusement verni ses ongles – pieds et mains. Elle s'extasia sur le vin et nous demanda si nous souhaitions en boire un verre tout de suite. Après notre refus poli, elle s'en fut le ranger au réfrigérateur tandis que Torrance, dont le bronzage ressortait sur son short blanc et sa chemise rayée, s'occupait de nous verser un apéritif. Munis chacun de notre gin tonic, nous étions bientôt assis sur le banc qui cernait l'énorme terrasse. Mes pieds touchaient à peine le sol. Aubrey était tout contre moi.

Carey et Macon arrivèrent tout de suite après nous et je les présentai à Aubrey. Macon l'avait déjà rencontré, lors d'une réunion du conseil des églises, qu'il avait couverte pour le journal. En quelques secondes, ils s'étaient plongés dans un débat sur ce que le conseil espérait accomplir au cours des prochains mois. Carey lança un regard à ma tenue et m'adressa un clin d'œil. Nous échangeâmes des petits riens par-dessus la tête de nos compagnons, nous extasiant sur l'apparence de Marcia ainsi que sur ce qu'elle nous avait préparé. Ensuite vint le couple qui vivait en face de chez Carey, les McMan. Lorsqu'on nous les présenta, ils crurent qu'Aubrey et moi étions propriétaires de la maison de Jane et que nous cohabitions. Tandis que nous étions en train de rectifier la situation, ce fut au tour de Lynn et Arthur de faire leur arrivée. Lynn était éléphantesque et se sentait manifestement très mal à l'aise dans son short de maternité. Arthur semblait inquiet et dubitatif. Au moment où je le vis, je ressentis… je ne ressentis rien du tout.

213

Lorsqu'ils arrivèrent à nos côtés, Arthur avait retrouvé sa sérénité et Lynn avait une expression plus joyeuse.

— Je ne me sentais pas très bien, tout à l'heure, me confia-t-elle tandis qu'Arthur et Aubrey tentaient désespérément de trouver un sujet de conversation. Mais ça s'est arrêté, pour l'instant.

— Pas très bien, c'est-à-dire ?

— C'est-à-dire comme des ballonnements, m'expliqua-t-elle, gênée. Franchement, je ne me suis jamais sentie moins bien de toute ma vie. Tout ce que je mange me donne des brûlures d'estomac, et mon dos me fait un mal de chien.

— C'est pour quand en principe ?

— Encore deux ou trois semaines.

— Ton prochain rendez-vous, c'est quand ?

— Le dernier mois, on y va toutes les semaines, m'informa-t-elle doctement. J'y vais demain. Peut-être qu'il me dira quelque chose.

Pourquoi ne pas avouer mon ignorance totale... Lynn semblait avoir grand besoin de se sentir à son avantage – elle avait jeté un coup d'œil particulièrement amer à mon ensemble rouge et blanc.

— Te dire quoi ?

— Oh, par exemple, que mon col a commencé à se dilater – tu sais, à s'élargir pour faire passer le bébé. Ou à s'effacer.

J'opinai rapidement pour qu'elle ne rentre pas dans les détails.

— Ou si le bébé est descendu, si sa tête est basse.

Je regrettai d'avoir posé la question. Mais Lynn avait repris meilleure figure et elle s'adressa ensuite à Aubrey, pour lui décrire la décoration de la nouvelle chambre du bébé, enchaînant avec les cambriolages sur la rue, dont tout le monde discutait d'ailleurs. Les McMan se plaignaient de l'inaction de la police, sans se douter qu'ils étaient sur le point de mourir de honte.

Arthur prit la parole, ses yeux bleus grands ouverts, ce qui révélait chez lui un agacement particulièrement intense.

— Il va falloir que vous compreniez certaines choses : si rien n'est volé, si on ne trouve aucune empreinte, et si personne n'a rien vu, il devient pratiquement impossible de retrouver le cambrioleur, à moins qu'un informateur ne révèle quelque chose.

Apprenant soudain que deux des invités étaient des lieutenants de police, les époux McMan, petits et d'un naturel effacé, rougirent à l'unisson, mortifiés. Après un moment embarrassant d'excuses marmonnées, Carey nous relata l'effraction qui avait eu lieu chez elle deux ans plus tôt, alors qu'elle et sa fille s'étaient rendues chez ses parents pour Thanksgiving. Puis Marcia nous raconta sa propre aventure, qui lui avait « flanqué une trouille bleue ».

— Je revenais des courses et bien sûr, Torrance n'était pas là. C'est toujours quand il est en déplacement qu'il se passe des choses, précisa-t-elle d'un ton aigre en toisant son mari de côté. Et j'ai vu que la fenêtre arrière de la cuisine était cassée. Vous m'auriez vue ! Je me suis précipitée chez Jane !

— C'était quand ? À la même époque que l'effraction chez Carey ?

— Maintenant que j'y pense, c'est le cas. Peut-être un mois plus tard. Je me souviens qu'il faisait froid, et qu'on a dû faire réparer le carreau en vitesse.

— Et chez vous ? demandai-je à Macon, qui tenait la main de Carey avec un plaisir évident.

— Mon tour est venu après celui des Lavery. Ce sont les anciens propriétaires de votre maison, dit-il à Arthur. Même chose que chez tout le monde. Fenêtre cassée à l'arrière, maison fouillée, avec du désordre un peu partout, mais rien de volé.

— À peu près quand ? insistai-je.

Arthur me fusilla du regard mais Lynn se concentrait sur son ventre, qu'elle massait lentement.

— Oh, mettons, il y a un an et demi environ. Peut-être un peu plus.

— Alors il n'y a que la maison de Jane qui n'avait jamais été visitée, jusqu'à récemment ?

Marcia, Torrance, le couple McMan, Carey et Macon échangèrent des regards. Puis ce dernier prit la parole.

— Je crois bien que c'est le cas, en effet. Ça fait un bon bout de temps, depuis le dernier. Je n'y pensais plus, d'ailleurs, jusqu'à ce que Carey me raconte ce qui s'était passé chez Jane.

— Tout le monde a été victime, dans cette rue ?

C'était bien ce que Jack Burns m'avait dit, non ?

— Eh bien… réfléchit Marcia, tout en versant de la vinaigrette sur la salade avant de la remuer. Tout le monde, sauf les Ince, dont la maison se trouve sur les deux terrains en face de chez nous et Macon. Ils sont très très âgés et ne sortent presque plus. Leur belle-fille s'occupe de tout : les courses, les rendez-vous chez le médecin et ainsi de suite. Ils n'ont pas été embêtés. Sinon, Margie, la belle-fille en question, serait venue me le dire à coup sûr. Elle vient prendre un café avec moi de temps en temps avant de repartir.

216

— Je me demande ce que ça peut vouloir dire… me dis-je à voix haute.

Un silence troublé s'installa.

— Allez, à table tout le monde ! Tout est prêt ! lança Marcia avec entrain.

Toute l'assemblée se leva d'un bond, à l'exception de Lynn. J'entendis Arthur murmurer à son intention.

— Tu veux que je t'apporte quelque chose, ma puce ?

— Juste un petit truc. Je n'ai vraiment pas très faim.

Lynn ne devait pas avoir beaucoup de place pour sa nourriture – le bébé lui prenait tout.

La sonnette de la porte d'entrée retentit alors et Torrance nous quitta pour aller répondre. Le reste des convives se mit en ligne pour se servir, poussant les exclamations de surprise et d'admiration appropriées à la vue des plats, dont la présentation était absolument somptueuse – il ne s'agissait pourtant que d'une soirée informelle entre voisins. Cette table représentait des heures entières de travail pour Marcia, à moins qu'elle n'ait eu de l'aide. La nature des plats elle-même me sembla cependant plus simple et réconfortante.

— Des travers de porc grillés ! s'exclama Aubrey, le cœur en joie. Alors là, Roe, vous allez devoir me supporter. Je fais toujours des saletés avec ça.

— Il n'y a aucun moyen de manger des travers proprement, lui fis-je remarquer. Je vois d'ailleurs que Marcia a sorti de grandes serviettes.

— Je ferais bien d'en prendre deux.

Puis j'entendis une voix familière résonner dans le brouhaha ambiant. Je me tournai et ma bouche s'ouvrit en grand, ce qui devait me donner un air éminemment intelligent.

— Mère !

C'était bien elle, vêtue avec élégance d'un pantalon crème et d'un chemisier bleu nuit. Elle portait une parure de bijoux en or impressionnante mais sobre dans ses lignes. Et elle avait amené son nouvel époux.

— Nous sommes en retard. Je suis vraiment désolée.

Elle s'était mise en mode Lauren Bacall, et dans ce cas, les gens lui pardonnent toujours tout.

— Jusqu'à la dernière minute, John ne savait pas s'il allait venir ou non. Mais je voulais tellement rencontrer les nouveaux voisins d'Aurora. Et c'était si gentil de votre part de nous inviter…

Le couple Rideout réagit avec effusion avant de déclencher une nouvelle tournée de présentations. Soudain, la soirée prit un tour plus animé, plus sophistiqué.

Mère et John se postèrent dans la file d'attente derrière nous. Malgré ses yeux fatigués, John semblait en pleine forme après la lune de miel, et je l'en félicitai. Pendant quelques minutes, il parut légèrement déconcerté par la présence d'Aubrey à la soirée. Puis il comprit qu'il était mon cavalier. Il prit une grande respiration et releva le défi avec brio, parlant paroisse très brièvement avec lui. Juste assez pour qu'Aubrey se sente à l'aise, sans ennuyer le reste des convives non épiscopaliens. Je remarquai que ma mère avait jeté un coup d'œil glacial à Arthur, assis aux côtés de sa femme, aux petits soins pour elle.

— Elle va bientôt pondre, siffla-t-elle à mon oreille. Je croyais pourtant qu'ils s'étaient mariés il y a quelques mois seulement.

— Maman ! Tais-toi ! sifflai-je en retour.

218

— Il faut que je te parle, jeune fille, rétorqua ma mère d'un ton si lourd de sous-entendus que je m'inquiétai immédiatement.

Qu'avais-je pu commettre comme péché ? Replongée soudain dans mon enfance, je me sentais presque aussi angoissée qu'à six ans.

Nous étions bientôt installés à des tables de pique-nique, recouvertes, elles, de nappes et de serviettes de couleurs vives. Marcia passa auprès de tous ses invités en roulant un chariot portant boissons et glaçons. Elle rayonnait de plaisir sous les compliments dont on l'abreuvait, tout comme Torrance, qui semblait très fier de sa femme. Je me demandais pourquoi ils n'avaient pas eu d'enfants. Et si Carey et Macon tenteraient d'en avoir s'ils se mariaient. Carey avait probablement quarante-deux ans. Cependant, d'après ce que j'entendais autour de moi, les femmes pouvaient avoir des enfants de plus en plus tard aujourd'hui. Macon devait avoir six à dix ans de plus qu'elle. De son côté, il avait un fils bien sûr, qui était déjà adulte. Le fils disparu.

— Pendant que j'étais aux Bahamas, me raconta John discrètement, j'ai pris le temps de voir si la maison de sir Harry Oakes était toujours debout.

Je réfléchis un instant. L'affaire Oakes… Ah oui.

— Alfred de Marigny, acquitté, c'est bien ça ?

— Oui, me répondit-il, ravi de pouvoir partager sa passion.

— C'est un site historique des Bahamas ? demanda Aubrey à ma droite.

— D'une certaine façon, lui expliquai-je. La demeure des Oakes fut le lieu d'un meurtre célèbre.

Je me retournai vers John.

— J'ai toujours pensé que les plumes constituaient l'aspect le plus étrange de cette affaire-là.

— Mais l'explication est très simple, réagit John avec dédain. Pour moi, le ventilateur a soufflé sur les plumes d'un oreiller qui avait été endommagé.

— Après l'incendie ?

— C'est la seule explication, insista John en secouant la tête. Les plumes sont blanches, sur la photo. Elles auraient dû être carbonisées.

— Des plumes ? s'enquit Aubrey.

— Vous comprenez, clarifiai-je avec patience, le cadavre, c'est-à-dire sir Harry Oakes, a été retrouvé partiellement calciné, sur un lit, couvert de plumes collées dessus. Sur le corps, pas sur le lit. On a accusé son beau-fils, Alfred de Marigny. Cependant, il a été acquitté, parce que la police locale a mené l'enquête de façon absolument déplorable.

Aubrey prit un air... J'étais incapable de définir son expression.

John et moi poursuivîmes notre débat sur le meurtre de sir Harry avec animation, tandis que mère s'efforçait d'échanger des bribes de conversation avec le couple terne que formaient les McMan, assis en face d'elle.

Je me retournai vers Aubrey, afin de m'assurer qu'il avait bien compris mon argument au sujet d'une empreinte de main sanglante apposée sur le paravent dans la chambre, et m'interrompis immédiatement. Il avait reposé sa viande sur son assiette et son visage était blême.

— Ça ne va pas ? lui demandai-je, inquiète.

— Est-ce que cela vous ennuierait beaucoup de ne pas parler de ce sujet pendant que je mange mes travers ? Qui me semblaient si délicieux il y a quelques minutes ?

Aubrey tentait de se montrer jovial, mais je voyais bien que je l'avais sérieusement agacé.

C'était ma faute, pas de doute. Ce qui eut comme conséquence malheureuse de me mettre en colère contre moi-même, ainsi que contre lui. Il me fallut plusieurs secondes pour me constituer un état d'esprit pénitent.

— Je suis désolée, Aubrey, lui dis-je d'une voix étouffée.

Je risquai du coin de l'œil un regard vers John, qui semblait contrit. Ma mère fermait les yeux et secouait la tête en silence, comme si ses enfants avaient mis sa patience à rude épreuve. Et en public. Elle se reprit rapidement et lança sans broncher une nouvelle conversation fascinante, à savoir la concurrence acharnée entre les opérateurs téléphoniques dans la région.

Au cours d'une accalmie dans la guerre des téléphones, Torrance prit la parole et changea de sujet.

— Cette jeune dame me paraît assez mal en point.

Ce qui mena le débat sur Arthur, Lynn et leurs carrières dans les forces de l'ordre. Puisque j'étais nouvellement arrivée dans le quartier, la mienne entra naturellement dans la conversation. Je fus donc obligée de leur apprendre – ainsi qu'à ma mère – que j'avais mis un terme à ladite carrière.

Il était évident pour moi que l'expression désintéressée qu'affichait ma mère avec un calme apparent risquait de se fissurer à tout moment.

Aubrey avait terminé son repas et s'était joint à nos échanges, mais je le trouvais réservé. Nous allions devoir parler bientôt du fait que je me passionnais pour le crime alors que le sujet l'écœurait. Je tentais sans grand résultat de ne pas repenser à l'excitation qu'avait suscitée en moi le débat au sujet de l'extraordinaire affaire Oakes. Je n'oubliais pas, en outre, que le crime avait eu lieu alors que le duc et la duchesse de Windsor gouvernaient ces îles ! J'allais tout faire pour retrouver mon beau-père et en reparler à loisir, seul à seul.

Je revins sur terre en entendant la voix de ma mère à mon oreille.

— Viens donc te repoudrer le nez avec moi !

Je m'excusai et la suivis. Je n'avais jamais pénétré dans le domicile des Rideout. J'eus le temps de ressentir une impression de propreté immaculée et de couleurs vives avant de me faire entraîner dans les toilettes de l'entrée. La démarche me semblait très adolescente – aller aux toilettes ensemble, tout de même… J'avais ouvert la bouche pour demander à ma mère si elle avait trouvé un cavalier pour l'emmener au bal de fin d'année lorsqu'elle verrouilla la porte et se retourna vers moi d'un geste fluide.

— Aurais-tu l'obligeance de m'expliquer, jeune fille, ce que fait ce crâne dans ma housse à couvertures ?

Pour la énième fois de la journée, ma mâchoire inférieure se relâcha. Cependant, je repris contenance.

— Et comment se fait-il que tu aies cherché une couverture par ce temps ? rétorquai-je.

— Figure-toi que j'en avais besoin pour mon époux grippé, qui était pris de frissons. Et je te défends d'essayer de faire diversion !

— Je l'ai trouvé.

222

— Formidable. Tu as donc trouvé un crâne humain, et tu as décidé de le ranger dans une housse à couvertures, chez ta mère, alors qu'elle était en voyage. C'est logique. Parfaitement rationnel, comme procédure.

J'allais devoir lui dire la vérité. Mais nous étions enfermées dans les toilettes de Marcia. Ce n'était ni le moment ni l'endroit.

— Maman, je te jure que demain, je viendrai chez toi et je te raconterai tout.

Elle me répondit très poliment.

— J'imagine que pour toi, n'importe quelle heure ferait l'affaire, puisque tu ne vas plus au travail. Moi, en revanche, je dois gagner ma vie et j'irai au bureau. Je t'attends par conséquent chez moi à dix-neuf heures. Et tu as tout intérêt à avoir une excellente explication pour ce que tu as fait. Et pendant que j'y suis, dans le registre dramatique, je souhaiterais te dire autre chose, même si j'ai toujours évité d'intervenir dans tes affaires de cœur – ou de… je ne sais pas. Je t'interdis formellement de coucher avec le pasteur de mon mari ! Ce serait affreusement embarrassant pour John.

— Pour John ? Ce serait embarrassant pour John, tu dis ?

« Du calme, reprends-toi », recommandai-je à mon for intérieur. J'inspirai profondément, étudiant mon reflet dans le miroir et repoussai mes lunettes sur mon nez.

— Mère. Tu ne peux pas savoir à quel point j'apprécie que tu te sois retenue, toutes ces années, de faire des commentaires sur ma vie privée. Tu t'es simplement contentée de me faire savoir que tu aurais souhaité qu'elle soit plus intense.

Nos regards mutuels, adressés par le biais de la glace, annonçaient l'orage. Je risquai alors une tentative de sourire. Elle m'imita. Les sourires, certes ténus, durèrent.

— Entendu, finit-elle par concéder d'une voix plus calme. Nous t'attendons demain soir.

— J'y serai.

À notre retour sur la terrasse, la conversation avait dévié sur les ossements retrouvés au bout de la rue. Carey racontait que la police était venue la trouver, pour lui demander si elle pouvait se souvenir de détails qui permettraient d'identifier le squelette comme étant son époux.

— Et moi, je leur ai dit que ce sagouin ne s'est pas fait tuer, il s'est enfui, il m'a quittée. Pendant des semaines, j'ai cru qu'il allait passer la porte avec ces couches. Oui, précisa-t-elle à Aubrey, il était parti m'acheter des couches pour la petite et il n'est jamais revenu.

Aubrey hocha la tête pour indiquer qu'il comprenait, ou peut-être qu'il avait déjà entendu cet épisode du folklore de Lawrenceton.

— Lorsque la police a retrouvé la voiture à la gare, poursuivit Carey, j'ai compris qu'il avait fichu le camp. Depuis ce jour-là, c'est comme s'il était mort, pour moi. Mais je ne peux pas croire que ces os soient les siens, c'est impossible.

Macon passa le bras autour de ses épaules.

Les petits McMan étaient en transe devant ce drame authentique. Victime d'un accès soudain de consternation, ma mère me regardait fixement. Je fis semblant de ne pas remarquer.

— Je leur ai expliqué qu'il s'était cassé la jambe, l'année avant notre mariage. Si ça peut les aider... Ils m'ont remerciée et ils ont dit qu'ils me tiendraient au courant. Mais à l'époque, franchement, quand ils ont retrouvé la voiture, je ne me suis plus inquiétée de lui. J'avais la rage au ventre.

Carey était bouleversée et s'efforçait clairement de ne pas céder aux larmes. Marcia Rideout la dévisageait avec inquiétude, espérant que sa soirée ne serait pas gâchée par une invitée qui s'effondrerait en sanglots.

Torrance entreprit de l'apaiser.

— Ne te mets pas dans cet état, Carey, ce n'est pas Mike. C'est sûrement un vieux clochard. C'est triste, mais de notre côté, il n'y a pas de quoi s'inquiéter.

Il se tenait là, debout, son verre à la main avec sa silhouette solide et sa voix calme. Il émanait de lui un tel sentiment de réconfort et d'apaisement que l'assemblée se détendit.

C'est alors que Marcia reprit.

— Mais où est le crâne ? Aux informations, ce soir, ils ont dit qu'il n'y avait pas de crâne. Je ne comprends pas comment ce serait possible.

Elle reposa un couvercle sur une terrine et sa main tremblait. Le niveau de tension remonta d'un cran. Je ne pus m'empêcher de serrer mon verre plus fortement et de regarder mes pieds. Le regard brûlant de ma mère était posé sur moi. Je le sentais.

— Je vais vous sembler un peu macabre, dit Aubrey doucement, mais peut-être qu'un chien, ou un autre animal, l'a emporté. C'est une explication parfaitement logique.

Quelques secondes plus tard, Macon émit son approbation et le malaise s'estompa. Après encore quelques échanges de politesse, ma mère et John se levèrent pour prendre congé. Personne ne peut rester indifférent à la bienveillance raffinée de ma mère. Au fur et à mesure de sa progression vers la porte, Marcia et Torrance avaient récupéré de larges sourires heureux et John, qui la suivait de près, récoltait aussi sa part de chaleur ambiante. Peu de temps après, ce fut au tour des McMan, qui devaient rentrer relever leur baby-sitter et la raccompagner chez elle, car elle allait en cours le lendemain. Carey Osland aussi devait libérer la jeune fille qui gardait sa petite.

— Ma puce estime qu'elle pourrait rester toute seule, nous informa-t-elle avec fierté. Mais pour l'instant, même si je ne suis qu'à deux pas, je trouve qu'elle doit avoir quelqu'un avec elle.

— Elle est très autonome, sourit Macon, qui semblait tout à fait séduit. Je ne connaissais que les garçons. Les filles, c'est très différent, à élever. J'espère que j'y arriverai mieux avec elle qu'avec mon propre fils.

Ni les Rideout, ni moi-même, ni Aubrey n'avions d'enfants. Il nous était donc difficile de réagir à son commentaire avec pertinence.

Je remerciai nos hôtes pour la soirée et leur fis des compliments sur la bonne chère et la présentation.

— C'est moi qui ai grillé les travers de porc, précisa Torrance en passant la main dans sa barbe naissante, mais tout le reste, c'est Marcia.

226

Je répondis à l'intéressée qu'elle devrait se lancer comme traiteur et elle rougit de plaisir. Elle était si parfaite et si jolie qu'on aurait dit un mannequin de grand magasin, avec un peu de rose peint sur les joues.

Alors qu'Aubrey et moi nous dirigions vers sa voiture, qu'il avait garée dans son allée, je m'exclamai avec admiration.

— Chacun de ses cheveux est en place. Jamais elle ne les laisserait dans cet état !

Joignant le geste à la parole, j'enfonçai les doigts dans ma masse de cheveux indisciplinés.

— C'est justement ce que je voulais faire, déclara Aubrey promptement.

Il se retourna pour me dévisager et enfouit ses mains dans ma chevelure.

— Ils sont magnifiques.

Son timbre de voix n'avait rien de religieux.

Waouh, waouh, waouh ! Le baiser qui suivit, long et… approfondi, me rappela qu'il s'était passé un certain temps depuis la dernière fois que j'avais entretenu des relations, disons, bibliques, avec un homme. Manifestement, il en allait de même pour Aubrey.

— Je n'aurais pas dû faire ça, fit Aubrey alors que nous nous écartions l'un de l'autre. Ça me…

— Moi aussi !

Il éclata de rire et l'instant passa. Heureusement que je n'avais pas porté ma robe neuve. Il aurait posé les mains sur mon dos nu – je me mis à bavarder à toute vitesse pour me distraire de mes pensées. En quelques secondes, nous étions adossés à sa voiture, bavardant de la soirée, de la grippe de mon nouveau beau-père, de ma démission et de la retraite à laquelle il se rendait avec d'autres pasteurs, ces vendredi et samedi-là dans un parc d'État tout proche.

— Je te suis chez toi ? demanda-t-il en montant dans son véhicule.

— Je crois que je vais passer la nuit ici.

Je me penchai pour lui donner un baiser léger sur la bouche et un sourire, et il s'en fut.

Je regagnai ma porte de cuisine et entrai. La lune filtrant par les fenêtres aux rideaux ouverts éclairait mes pas et je rejoignis ma chambre sans allumer. Le calme et l'obscurité formaient un contraste saisissant avec le flot de paroles incessant que j'avais déversé toute la journée. J'avais plus sommeil que si j'avais avalé un somnifère. Je passai dans la salle de bains, pour me brosser les dents et me déshabiller, enfilai la chemise de nuit rose et retrouvai le chemin du lit en tâtonnant. Je m'endormis, bercée par le bourdonnement calme de l'air conditionné, ponctué de temps à autre d'un miaulement ténu des chatons dans le placard.

12

Je sortis du sommeil. Je sus instantanément où je me trouvais. Dans la maison de Jane. Par réflexe, je sortis mes jambes en pivotant pour m'asseoir puis me lever et me diriger vers la salle de bains. Puis mon cerveau tout embrumé me fit comprendre que je n'en avais pas besoin.

Silence complet du côté des chats.

Pourquoi m'étais-je réveillée ?

J'entendis soudain du mouvement, quelque part dans la maison. Et je vis un rayon de lumière transpercer l'obscurité dans l'entrée. Quelqu'un se trouvait ici avec moi. Je me mordis l'intérieur des joues pour ne pas hurler.

Les chiffres luminescents du radio-réveil de Jane éclairaient les contours du téléphone sur ma table de nuit. Mes doigts m'obéissaient à peine mais je parvins à soulever le combiné avec d'infinies précautions pour ne faire aucun bruit. Par chance, l'appareil pourtant vétuste n'était pas à cadran mais à touches. D'instinct, je composai le numéro que je connaissais

229

si bien, et qui m'apporterait du secours plus rapidement que le 911.

— Allô ? fit une voix ensommeillée dans mon oreille.

— Arthur, murmurai-je dans un souffle. Réveille-toi.

— Qui est à l'appareil ?

— C'est Roe, je suis chez Jane. Il y a quelqu'un dans la maison.

— J'arrive. Ne fais pas de bruit. Cache-toi.

Je raccrochai doucement, délicatement, déployant tous mes efforts pour contrôler mes mains et, oh, mon Dieu, non, ne pas émettre un seul son.

Je savais ce qui m'avait trahie. J'avais baissé les yeux à la soirée, lorsqu'on avait mentionné le crâne. On avait guetté une réaction.

Je mis mes lunettes tout en réfléchissant. J'avais deux cachettes possibles. Sous le lit, ou dans le placard avec les chats. L'intrus se trouvait dans la chambre d'amis, un peu plus loin dans le couloir. Je voyais toujours un rai de lumière qui se déplaçait, fouillant les ténèbres de toute part à la recherche de ce satané bon sang de crâne ! Un autre endroit envisageable serait le grand placard à linge sale dans la salle de bains. J'étais suffisamment petite pour m'y glisser. Car si je tentais le placard de la chambre, les chats pourraient faire du bruit et attirer ainsi l'inconnu. Pourtant, je ne pouvais risquer la salle de bains tout de suite, car le rayon projeté par la lampe torche était totalement imprévisible.

Comme pour répondre à mes pensées, la lumière sortit de la chambre d'amis pour traverser le petit couloir, passer sous la grande ouverture en arche et

230

gagner la salle de séjour. Lorsqu'elle fut bien engagée dans cette direction-là, je posai les pieds par terre...

... et atterris tout droit sur la queue de Madeleine. La bête émit un miaulement rauque de douleur, je poussai un cri strident, et une exclamation de stupeur parvint du séjour. J'entendis des pas lourds marteler le sol et en distinguant à ma porte de chambre une masse sombre, qui semblait chercher l'interrupteur à tâtons, je bondis. Je me heurtai à un torse et enroulai mon bras droit autour d'un cou épais. De ma main gauche, j'agrippai une poignée de cheveux courts et tirai dessus de toutes mes forces. De vagues souvenirs d'un cours de self-défense me revinrent à l'esprit et je me mis à m'égosiller à tue-tête.

Je reçus un coup terrible dans le dos, et resserrai néanmoins mon étreinte.

— Arrêtez ! Non, non ! siffla une voix rauque.

L'inconnu se mit à pilonner mon bras et mes jambes. Secouée en tous sens, j'allais bientôt lâcher prise. Je dus interrompre mes hurlements pour reprendre mon souffle. Alors que j'inspirai et que j'ouvrais la bouche de nouveau, la lumière inonda soudain la pièce.

Mon attaquant virevolta pour confronter la personne qui venait d'allumer et son mouvement me projeta au sol. J'atterris presque sur mes pieds et trébuchai contre l'un des montants du lit, récoltant ainsi quelques bleus supplémentaires.

Lynn Liggett Smith se tenait contre le mur du couloir, hors d'haleine, l'arme dans sa main pointée sur Torrance Rideout, qui, lui, ne tenait qu'une lampe torche. Si cette dernière avait été un couteau, j'aurais été couverte de trous sanguinolents. En l'occurrence, j'avais tout de même l'impression que l'armée du général Lee[1] tout entière m'avait marché dessus sauvagement. Essoufflée moi aussi, je me tenais à la colonne du lit. Où donc était passé Arthur ?

Torrance assimila la posture affaiblie de Lynn ainsi que son ventre énorme, et se retourna vers moi.

— Il faut me dire, insista-t-il avec frénésie, comme si elle n'était même pas présente. Il faut me dire où se trouve le crâne.

Lynn reprit d'un ton égal mais fragile.

— Les mains sur le mur. Je suis officier de police et je n'hésiterai pas à tirer.

— Vous êtes enceinte jusqu'aux dents. Vous allez tomber d'une seconde à l'autre, se moqua Torrance par-dessus son épaule avant de me faire face de nouveau. Où est ce crâne, nom de Dieu !

Sa large face était couturée de rides que je n'avais pas encore remarquées. Du sang gouttait de ses cheveux jusqu'à sa chemise. Apparemment, je lui avais déchiré quelques centimètres carrés de cuir chevelu.

Lynn tira dans le plafond.

— Tes mains sur le mur, j'ai dit, répéta-t-elle froidement. Espèce d'ordure.

Il s'exécuta aussitôt.

Il ne s'était pas rendu compte que si Lynn le visait, elle avait de bonnes chances de me toucher. Je me déplaçai de l'autre côté du lit avant qu'il ne le comprenne. Depuis cet emplacement, cependant, je ne voyais plus Lynn. Cette chambre était trop petite.

---

1. Le général Robert E. Lee, considéré comme le gentleman du Sud par excellence, était le général en chef des armées des États confédérés, pendant la guerre de Sécession.

Cela ne me plaisait pas du tout, que Torrance se trouve entre la porte et moi.

— Roe, fit la voix lente de Lynn depuis le couloir. Il faut que tu le palpes, pour vérifier qu'il n'ait pas de fusil. Ou de couteau.

Sa voix laissait nettement percer une douleur envahissante.

Je n'avais aucune envie de m'approcher de Torrance. Avait-il suffisamment peur de l'arme qui le tenait en joue ? Avait-il perçu la souffrance de Lynn ? Le fait de toucher le corps de Torrance m'inspirait un profond dégoût. Mais je serrai les lèvres et le fouillai.

— Il n'a que de la monnaie dans les poches, indiquai-je à Lynn d'une voix éraillée par mes cris.

— Très bien, me répondit-elle, toujours avec cette même lenteur. Viens prendre les menottes.

Je portai le regard sur son visage et reçus un choc. Ses yeux terrorisés étaient ouverts à l'extrême, et elle se mordait la lèvre inférieure. Son pistolet ne tremblait pas mais il lui fallait toute sa volonté pour le maintenir ainsi. Le tapis autour de ses pieds me semblait plus sombre. Je regardais de plus près. Ses pantoufles étaient mouillées d'un liquide qui coulait le long de ses jambes. Une senteur particulière flottait dans l'air. Lynn venait de perdre les eaux.

Où était passé Arthur ?

Atterrée, je fermai les yeux un instant. Lorsque je les rouvris, nous nous regardions toutes deux avec intensité. Puis elle durcit son regard et reprit la parole.

— Roe. Tu prends les menottes.

Je tendis le bras et les saisis. Arthur m'ayant montré comment elles fonctionnaient, je saurais m'en servir.

— Mettez vos mains derrière votre dos, m'exclamai-je avec autant d'agressivité que je pouvais.

Lynn et moi allions perdre le contrôle de la situation d'une seconde à l'autre. J'avais mis l'un des bracelets lorsque Torrance se déchaîna brutalement. Il fit tournoyer le bras dont le poignet portait la menotte et l'autre bracelet me frappa à la tempe. Je devais coûte que coûte l'empêcher d'atteindre l'arme de Lynn et me jetai sur lui, attrapant ce que je pouvais sans discernement, aveuglée de douleur. Je parvins ainsi à l'entraver et nous faire tomber tous les deux, où la lutte se poursuivit dans l'espace exigu. Je m'accrochais à lui comme si ma vie en dépendait tandis qu'il s'efforçait désespérément de se débarrasser de moi.

— Torrance ! Arrête ! hurla une nouvelle voix.

Le combat cessa d'un coup. Il s'était laissé retomber sur moi et haletait, tandis que j'étais coincée sous sa lourde masse et ne pouvais pratiquement pas respirer. Par-dessus son épaule, j'apercevais Marcia, ses cheveux toujours lisses et impeccables. Manifestement cependant, elle s'était habillée à la hâte.

— Chéri, ça ne fait plus rien maintenant. Il faut qu'on arrête, lui dit-elle avec douceur.

Il se détacha de moi et se leva pour la dévisager avec insistance. Lynn poussa alors un gémissement terrible.

Torrance était médusé par sa femme. Je rampai pour les contourner, effleurant la jambe de Marcia au passage. Leur indifférence à l'égard du monde autour d'eux me frappa.

Lynn s'était laissée glisser le long du mur. Elle tenta vaillamment de tenir son arme encore quelques

234

secondes. Lorsqu'elle me vit approcher, ses yeux m'implorèrent et elle laissa échapper son pistolet. Je m'en saisis et fis volte-face, fermement décidée à abattre, d'une manière ou d'une autre, le couple qui nous avait reçus quelques heures plus tôt. Ils étaient toujours concentrés l'un sur l'autre, sans avoir conscience de ce qui pouvait se passer autour d'eux. J'aurais pu les cribler de trous, aucun d'eux ne m'aurait accordé un seul regard. Aussi indignée qu'un enfant en colère que ses parents ne prendraient pas au sérieux, je me tournai de nouveau vers Lynn.

Elle avait fermé les yeux et respirait bizarrement. Je me rendis compte alors que son souffle observait un rythme précis.

— Tu es en train d'accoucher, fis-je observer tristement.

Elle hocha la tête, les yeux toujours clos, sans cesser ses respirations.

— Tu as appelé du renfort, hein ?

Nouveau hochement de tête.

— Arthur devait être en service. C'était toi, au téléphone.

Je me rendis dans la salle de bains derrière moi pour me laver les mains et récupérer des serviettes.

— Je n'y connais rien, moi, en accouchements, expliquai-je à mon reflet.

Je repoussai mes lunettes sur mon nez, tout en trouvant miraculeux le fait qu'elles n'aient pas été brisées dans la bagarre, et retournai m'accroupir auprès de Lynn. Je remontai sa chemise de nuit en hésitant et posai des serviettes entre ses jambes repliées.

— Où est le crâne, me demanda Torrance, abattu.

— Chez ma maman, dans un placard, répondis-je d'un ton bref, sans quitter Lynn des yeux.

— Alors c'est Jane qui l'avait, depuis tout ce temps...

Sa voix avait pris désormais des accents ternes.

— C'est cette vieille qui l'avait. Elle était furieuse, au sujet de cet arbre, vous savez. Je ne pouvais pas y croire. On était bons voisins depuis des années, et elle s'énervait pour une saloperie d'arbre. Et c'est juste après que j'ai vu le trou dans le jardin. La tête avait disparu. Mais je n'avais jamais fait le rapprochement. J'avais même gardé la maison de Jane pour la fin, parce que j'étais persuadé qu'elle ne pouvait pas l'avoir prise.

— Oh, Torrance ! s'exclama Marcia d'un ton plaintif. Tu aurais dû m'en parler ! C'est toi qui as fouillé toutes ces maisons ?

— Je cherchais la tête. Je savais bien que c'était un de nos voisins. Mais jamais je ne me serais douté que c'était Jane. C'était forcément quelqu'un qui m'avait vu l'enterrer. Mais pas la petite dame toute mignonne. Si elle m'avait vu creuser, elle aurait appelé la police, pour moi, c'était une évidence. Et en plus, il a fallu que j'attende très longtemps, entre chaque maison. Parce qu'après les effractions les gens faisaient attention...

— Et tu as même fait semblant de cambrioler notre propre maison, s'émerveilla son épouse.

De mon côté, je risquai un œil sous la chemise et le regrettai aussitôt.

— Lynn... Je crois que je vois la tête du bébé.

Elle acquiesça en silence, d'un signe de tête empreint de ténacité. Soudain ses yeux s'ouvrirent grands et ses prunelles se focalisèrent sur un point du mur opposé. Sa respiration devint saccadée.

— Allez, serre les dents, on y va !

Ce fut ma main qu'elle serra, de toutes ses forces, à tel point que je dus me retenir de crier de nouveau.

Soudain son souffle se bloqua et son corps entier se tendit.

Je risquai un nouveau coup d'œil.

— Oh là là ! murmurai-je dans un souffle.

Ça n'avait rien à voir avec la naissance des chatons. C'était bien pire. Je suivis mon propre conseil et serrai les dents, alors que je n'avais qu'une envie : m'enfuir à toutes jambes en hurlant et quitter cette maison à tout jamais. Avec détermination, je relâchai la main de Lynn et me plaçai entre ses jambes. Il n'y avait que très peu d'espace et je remerciai le ciel d'être petite.

Lynn poussa de nouveau.

— C'est super, Lynn ! Le bébé arrive, je l'attraperai, ne t'inquiète pas.

Elle parut se reposer un moment.

— Il est à qui, ce crâne ? demandai-je à Torrance.

Marcia et lui étaient assis sur le sol et se tenaient la main.

— Ah, répondit-il avec indifférence. À Mark. Mark Kaplan. Ce gamin qui louait notre studio.

Lynn rassembla ses forces et accompagna la contraction. Elle avait les yeux vitreux et j'étais terrifiée. Je posai mes mains hésitantes sur son corps et tentai de l'aider.

— Lynn, la tête fait des progrès.

Elle me stupéfia en souriant. Alors elle se prépara de nouveau et poussa.

— J'ai la tête, Lynn.

Ma voix tremblait. Je m'efforçais de montrer de l'assurance mais j'échouai lamentablement. J'avais affreusement peur que le cou du bébé ne se brise comme du verre si jamais je relâchai la tête. Oh, Seigneur, Dieu du ciel, j'avais besoin d'aide, je n'y arriverais jamais !

Lynn recommença.

— Voilà les épaules, chuchotai-je tout en soutenant le petit être vulnérable et couvert de sang.

— Allez, courage ! Encore une fois et je crois que ça y sera, ajoutai-je d'un ton énergique.

Je ne savais pourtant pas si j'avais raison. Manifestement, mes paroles avaient réconforté Lynn, qui se prépara de nouveau. J'aurais souhaité qu'elle fasse une pause, pour que je puisse en faire autant. Par ignorance toutefois, je lui avais dit la vérité. Elle banda tous ses muscles dans un dernier effort surhumain, et la petite chose glissante fut expulsée à la vitesse d'un ballon de football – c'est du moins l'impression que j'en eus. Et je l'attrapai.

— C'est quoi ? demanda Lynn d'une voix faible.

Hébétée, je ne la compris pas tout de suite. Je savais qu'il me restait quelque chose de vital à accomplir. Ah, oui ! Je devais faire pleurer le bébé !

— Mettez-lui la tête en bas et donnez-lui un coup sur le dos, me conseilla Marcia. C'est comme ça qu'ils font, à la télévision.

Morte de peur, je m'exécutai. Le bébé poussa un cri. Il respirait donc ! Il était en vie !

Pour l'instant donc, tout allait bien, même si le bébé était encore relié à la mère. Que faire au sujet du

238

cordon ? Et soudain, Dieu merci, j'entendis des sirènes à l'approche.

— C'est quoi ? répéta Lynn avec plus d'insistance.

— Une fille ! m'exclamai-je. C'est une fille !

Je la tenais comme je l'avais vu faire au cinéma, tout en me promettant de brûler ma chemise de nuit rose.

— Eh bien, fit Lynn avec un sourire ténu tandis que l'on tambourinait à la porte, pas question que je lui donne ton prénom !

Il fallut un certain temps pour démêler la situation dans la petite maison de Jane, envahie de vagues successives de policiers.

Certains d'entre eux, apercevant l'ex-petite amie d'Arthur agenouillée devant sa femme – ensanglantées toutes les deux – en déduisirent qu'ils devaient m'arrêter. Lorsqu'ils s'aperçurent que je tenais dans mes bras un nouveau-né, et non un morceau du corps de Lynn, ils perdirent tout contrôle. Personne ne sembla se souvenir qu'il y avait eu une effraction et que le coupable pouvait se trouver sur la scène.

Arthur avait été appelé pour un braquage. À son arrivée, il avait si peur qu'il était prêt à tuer. Il agita son arme dans tous les sens et lorsqu'il repéra Lynn et le sang, il se mit à hurler : « Ambulance ! Ambulance ! » Jack Burns lui-même passa devant le couple Rideout pour utiliser le téléphone de la chambre.

Arthur se précipita à côté de moi en criant.

— Le bébé !

Il ne savait plus que faire de son pistolet.

— Pose ça tout de suite et prends ce bébé, lui ordonnai-je d'un ton vif. Elle est toujours reliée à Lynn, mais ça, je ne sais pas gérer.

— Lynn ! s'exclama Arthur, complètement égaré.
Ça va ? Tu vas bien ?

— Chéri, répondit-elle d'une voix ténue. Mets une
serviette sur ton costume et prends ta fille dans tes
bras.

— Ma – euh...

Il rangea son arme dans son holster, attrapa une
serviette sur la pile que j'avais apportée et je lui tendis
le bébé aussi rapidement que possible. Je me demandais ce que Jane penserait de l'usage que nous fai-
sions de ses belles serviettes blanches brodées de
son monogramme. Je me levai immédiatement, trem-
blant sous l'influence du cocktail détonant que
constituaient terreur, douleur et choc. J'étais plus
que soulagée de laisser ma place à Arthur.

Un ambulancier se précipita vers moi.

— C'est vous qui venez d'accoucher ? Vous êtes
blessée ?

J'indiquai Lynn d'un geste mal assuré. Je comprenais tout à fait sa méprise car j'étais couverte de traî-
nées de sang – de celui de Lynn, un peu de celui de
Torrance et un peu du mien.

— Ça va aller ? fit une voix.

Je m'aperçus qu'il s'agissait de Torrance – c'était là
une situation des plus étranges.

— Ça va aller, répétai-je avec lassitude.

— Je suis désolé. Je ne fais pas un bon criminel.

Je repensai au caractère amateur de toutes les
effractions. Torrance ne s'était même pas donné la
peine de faire croire à de véritables cambriolages. Je
hochai la tête avant de lui poser une question.

— Pourquoi vous l'avez tué ?

Ses traits se crispèrent et son expression se durcit.

240

— Je l'ai fait, c'est tout.

— Alors quand Jane a déterré le crâne, vous avez sorti le reste et vous avez posé le tout à côté du panneau, c'est ça ?

— Je savais que personne n'irait débroussailler ce coin avant des années. Et j'avais raison. J'avais trop peur de transporter le squelette dans mon coffre, même sur une courte distance. J'ai attendu la nuit suivante, quand Macon est allé retrouver Carey. Puis j'ai mis les os dans un sac en plastique, j'ai traversé son jardin arrière et j'ai contourné sa maison. De là, je n'avais plus que quelques mètres à parcourir pour arriver aux broussailles. Et cette fois-ci, personne ne m'a repéré. J'étais convaincu que la personne qui avait dérobé le crâne appellerait la police. Alors j'ai attendu. Puis j'ai compris que cette personne voulait simplement le conserver. Pour que je souffre. J'avais presque oublié cette bagarre au sujet de l'arbre. Jane était une véritable lady. Jamais je n'aurais pensé que...

— Et il ne m'en a jamais parlé, fit la voix de Marcia sur sa gauche. Il ne m'a jamais laissé m'inquiéter.

Elle le considéra avec une tendresse infinie.

— Et donc ? C'était pour quelle raison ? demandai-je de nouveau à Torrance. Il a fait des avances à Marcia ?

— Eh bien...

Torrance hésitait à poursuivre.

— Oh, mon chéri ! s'exclama Marcia sur un ton de reproche.

Elle se pencha vers moi, souriant avec affection devant ce geste à la fois gentil et stupide de la part de son homme.

— Ce n'est pas lui. C'est moi.

— Vous avez tué Mark Kaplan et vous l'avez enterré dans le jardin ?

— Ah, non, c'est Torrance qui l'a enterré quand je lui ai raconté ce que j'avais fait.

— Ah, répondis-je bêtement, paralysée par ses grands yeux bleus. Et vous l'avez tué parce que...

— Il est venu me voir alors que Torrance était parti, m'expliqua-t-elle tristement. Et moi j'avais cru qu'il était vraiment bien. Mais je peux vous dire qu'il ne l'était pas. Il était moche. Vraiment moche.

J'opinai pour lui montrer que je l'écoutais, sans trop savoir comment réagir.

— Et Mike Osland, c'était pareil, poursuivit-elle, toujours étonnée par la perfidie masculine.

Un froid glacial m'envahit soudain. Torrance ferma les yeux, comme vidé de toute énergie.

— Mike ?

— Il est sous la terrasse. C'est pour ça que Torrance l'a construite, je crois, précisa-t-elle avec la plus grande sincérité. Jane n'était pas au courant, pour lui.

— Elle est en train d'avouer ! s'exclama une voix rauque et incrédule.

Je me détournai de ses yeux au pouvoir hypnotique et me rendis compte que Jack Burns était accroupi devant moi.

— Est-ce qu'elle vient d'avouer un meurtre ? me demanda-t-il.

— En fait, deux.

— Deux meurtres...

Lui aussi se mit à secouer la tête.

242

— ... Elle vient d'avouer deux meurtres. À vous. Mais vous faites comment, nom de nom ?

Devant ses yeux ronds et brûlants, je pris conscience que je n'étais vêtue que d'une nuisette plutôt décolletée, déchirée, et trempée de sang. Il me revint nettement en mémoire que je ne faisais absolument pas partie des personnes préférées de Jack Burns. Je me demandais ce que Lynn garderait en mémoire de ce qu'elle avait pu entendre pendant l'accouchement. Se souviendrait-elle que j'avais dit à Torrance où se trouvait le crâne ?

À cet instant précis, on l'emmena sur une civière. Quelqu'un avait dû se charger du cordon.

Je m'adressai soudain à Jack Burns en indiquant Torrance du doigt.

— Cet homme s'est introduit chez moi cette nuit par effraction.

— Il vous a blessée ? demandait le capitaine Burns, faisant preuve d'une certaine sollicitude, bien malgré lui.

Je plongeai mon regard dans celui de Torrance.

— Non, absolument pas. Et je n'ai aucune idée de la raison pour laquelle il est entré chez moi, ni de ce qu'il pouvait bien chercher.

Les yeux de Torrance indiquèrent petit à petit qu'il comprenait où je voulais en venir. À ma stupeur, il me fit un clin d'œil lorsque Burns se retourna pour appeler ses troupes en renfort.

Après une éternité, il ne resta plus que moi dans la maison de Jane. Dans ma maison. Et que fait-on, lorsqu'on a passé la nuit à se faire cambrioler et taper dessus, à faire naître un bébé et à manquer de se faire piétiner par les forces de polices de Lawrenceton,

Géorgie ? Et également, énumérai-je tout en retirant ce qui restait de ma chemise de nuit, à entendre des aveux sur un double meurtre et se faire reluquer par les lieutenants qui avaient failli vous piétiner juste avant ?

Eh bien...

J'allais prendre un long bain chaud pour soulager mes bleus et mes muscles endoloris. J'allais calmer la pauvre Madeleine, qui, affolée, s'était réfugiée sous une couverture que j'avais lancée dans le placard – Madeleine n'était pas une fanatique des invasions domestiques. Ensuite, il était fort possible que je glisse ma pauvre carcasse entre mes draps bien frais et que je dorme un peu.

Le lendemain, ce serait l'enfer.

Ma mère allait appeler.

Je ne dormis que quatre heures. Lorsque je m'éveillai, il était déjà 8 heures. Je restai un moment au lit à réfléchir.

Puis je me levai d'un bond. Je me brossai les dents, enfilai mon ensemble de la veille et parvins plus ou moins à domestiquer mes cheveux. Je ne les avais pas séchés après mon bain et j'avais dormi dessus... Je laissai Madeleine sortir puis rentrer. Elle avait retrouvé tout son flegme. Puis je partis pour le Walmart.

Je pénétrai dans le supermarché dès l'ouverture des portes, me renseignai auprès d'un employé et trouvai ce que je cherchai en très peu de temps.

Puis je me rendis à ma maison et sortis ma boîte de papiers cadeau.

Chez ma mère, les deux voitures étaient absentes. J'avais enfin un peu de chance ! J'utilisai ma clé pour

244

la dernière fois – je ne le ferais plus, maintenant que John vivait ici. Je filai à l'étage, sortis la vieille housse à couvertures du placard, et posai la nouvelle, emballée dans son papier cadeau, sur la table de la cuisine, avec ma clé, avant de sortir en claquant la porte derrière moi.

Je remontai alors rapidement dans ma voiture et pris la route vers Honor Street sans plus attendre.

Encore un coup de chance : il n'y avait pour l'instant pas une seule voiture de police devant la maison des Rideout.

Je la traversai et sortis par la porte de la cuisine. Puis je fouillai les alentours du regard, avec autant de soin que Torrance avait dû le faire, le soir où il avait enterré Mark Kaplan. Ainsi que la nuit où il avait enseveli Mike Osland. Il faisait jour cependant, et la situation était bien plus risquée. J'avais compté les voitures en arrivant dans ma propre allée. La voiture de Lynn était en face, mais celle d'Arthur n'y était pas. C'était logique, car il devait se trouver à l'hôpital avec sa femme et son bébé.

Ma détermination faillit vaciller. Mais je me giflai et me repris. Ce n'était pas le moment de s'effondrer.

Le couple âgé, les Ince, ne représentait aucun danger. Je jetai un œil vers chez Carey. Son propre véhicule était garé là.

On avait dû lui parler des aveux de Marcia et lui apprendre que Mike se trouvait dans le jardin des Rideout. Je ne pouvais qu'espérer qu'elle ne viendrait pas s'en rendre compte par elle-même.

Je me mis en mouvement pour traverser le jardin derrière la maison. Je dus refréner un instinct qui me poussait à me précipiter, pliée en deux, ou à ramper sur le ventre. La housse rose me semblait horriblement voyante. Je ne pouvais pourtant pas envisager de l'ouvrir et de porter le crâne nu dans mes mains. D'ailleurs, j'avais déjà effacé toutes mes empreintes.

Je parvins à la terrasse de bois sans que personne donne l'alarme et pris quelques secondes pour respirer profondément. « Allez, dépêche-toi maintenant. » J'ouvris la housse, glissai un doigt dans la mâchoire de ce qui se trouvait à l'intérieur pour l'en sortir et, en m'efforçant de ne pas le regarder, le faire rouler aussi loin que je le pouvais sous le solarium. J'étais fortement tentée de monter les marches et d'aller regarder entre les planches, pour savoir si le crâne était visible d'en haut. Au lieu de cela néanmoins, je me retournai et marchai rapidement vers mon propre jardin, priant pour que personne n'ait remarqué mon comportement étrange. J'avais toujours la housse à la main. Une fois chez moi, je vérifiai qu'elle ne contenait aucune trace de la présence du crâne, repliai l'une des couvertures de Jane pour la glisser à l'intérieur, et fourrai le sac tout au fond de l'un des placards de la chambre d'amis. Après quoi, je m'assis à ma table de cuisine. Par la fenêtre, j'aperçus les hommes arriver et s'atteler au démontage du solarium des Rideout.

J'avais réussi. Tout juste à temps.

Je me mis à trembler de tous mes membres, posai ma tête entre mes mains et m'effondrai en sanglots.

Après un temps, mes larmes se tarirent d'elles-mêmes. Je me sentais alanguie. Je me préparai du café et le bus tandis que j'observais les hommes qui finissaient de démolir la terrasse et découvraient le

246

crâne. Après le brouhaha causé par la découverte, celui-ci fut placé dans un sac spécial (ce qui me fit sourire) et les hommes commencèrent à creuser. Il faisait chaud et ils luisaient de transpiration. Le capitaine Burns jetait de temps à autre des regards vers chez moi, comme s'il mourait d'envie de venir me poser quelques questions. Mais j'y avais déjà répondu la nuit précédente. Et je n'en dirais jamais plus.

Soudain, l'un des hommes poussa un cri et les autres se rassemblèrent autour de lui. Il serait sans doute préférable, estimai-je, que je ne les regarde plus. Vers midi, le téléphone sonna. C'était ma mère, égale à elle-même, qui me remerciait de lui avoir offert une belle housse de rangement pour ses couvertures. Et qui me rappelait du même coup que nous allions dîner ensemble et avoir une longue conversation.

— Mais oui, maman, répondis-je en soupirant.

J'étais épuisée, j'avais mal partout, et j'espérais qu'elle n'allait pas s'éterniser.

— Maman, tu sais, demain, je vais venir à tes bureaux et je vais mettre cette maison en vente.

Là, je parlais affaires. Les affaires, c'était différent. Ou peut-être pas…

— Je m'en occuperai personnellement, me promit-elle d'un ton lourd de sous-entendus avant de raccrocher.

Le téléphone était fixé au mur, à côté du présentoir à courrier et du calendrier. Disposition logique et pratique. Je fixai les lettres un instant et commençai à les sortir une par une. D'abord une demande de don d'une association caritative. Je jetai le courrier dans la poubelle. Puis une autre enveloppe, qui aurait dû contenir une facture de la société de désinsectisation. Pourquoi se trouvait-elle ici au lieu de chez Bubba Sewell ? C'était lui qui se chargeait de toutes les factures. Pourtant, le timbre avait été oblitéré plusieurs mois plus tôt.

Brusquement, je compris. Je savais ce que contenait l'enveloppe avant même d'avoir terminé de sortir la lettre. *La Lettre volée*[1]. Jane aimait ses classiques. J'aurais dû m'en douter.

« C'était un mercredi soir en été, il y a quatre ans », débutait la lettre sans ambages.

Moi, Jane Engle, j'étais assise dans mon jardin, derrière la maison, un soir, très tard. Je fais de l'insomnie et je m'assois souvent dehors dans le noir quand je ne peux pas dormir. Il était environ minuit lorsque j'aperçus Mark Kaplan, le pensionnaire des Rideout, se rendre à la porte de derrière chez Marcia et y frapper. Je le voyais clairement, à la lumière du projecteur accroché au-dessus de la porte. Marcia le laisse toujours allumé lorsque Torrance est en déplacement. Marcia est venue ouvrir et Mark Kaplan s'est jeté sur elle immédiatement. Il me semble qu'il avait bu, et qu'il tenait une bouteille à la main, mais je ne pourrais pas en jurer. Avant que je ne puisse venir à son aide, elle avait réussi à le mettre à terre, je ne sais trop comment. Je la vis saisir quelque chose sur son plan de travail et frapper Mark Kaplan à l'arrière de la tête. Je ne suis pas certaine de la nature de l'objet. Mais j'ai eu l'impression qu'il s'agissait d'un marteau. Puis je me rendis compte

---

1. *La Lettre volée* est une nouvelle d'Edgar Allan Poe, dans laquelle une lettre disparue est dissimulée en étant placée en évidence.

qu'une voiture était venue se ranger sous l'abri. Je compris que Torrance était de retour.

Je rentrai chez moi, pensant que j'entendrais bientôt les sirènes de la police et qu'on me demanderait de témoigner sur ce que j'avais pu observer. Je m'habillai donc – car j'étais en chemise de nuit – et m'assis dans la cuisine, sans allumer, pour attendre la suite des événements.

En lieu et place de voitures de police et d'officiers, ce fut Torrance que j'aperçus bientôt, qui sortait de chez lui. Il transportait quelque chose qui avait été enveloppé dans une nappe. Quelque chose de la taille d'un corps. J'étais convaincue que c'était celui de Mark Kaplan. Torrance se dirigea vers leur ancien potager et se mit à creuser. Je restai éveillée toute la nuit à l'observer. Je réfléchis à l'idée d'appeler la police mais n'en fis rien. Je savais que l'épreuve d'un procès détruirait ce qui restait de la santé mentale de Marcia. Elle n'a jamais été très stable. En outre, Mark Kaplan l'avait bel et bien attaquée. J'en avais été le témoin.

Je décidai donc de ne rien dire.

Cependant, environ un an et demi plus tard, je me disputai avec Torrance au sujet d'un de mes arbres, dont il eut l'arrogance de tailler quelques branches. Chaque fois que je regardais par ma fenêtre de cuisine, l'arbre était toujours plus mal en point. Je fis donc quelque chose dont je ne suis pas fière. J'attendis que le couple soit en voyage et une nuit, je me rendis dans leur jardin. Je creusai, là où j'avais vu Torrance le faire, dix-huit mois plus tôt. Je suis vieille, et il me fallut trois nuits. Mais j'atteignis le crâne. Je le sortis et l'emportai chez moi. Je ne rebouchai pas le trou, afin que Torrance soit bien conscient que quelqu'un s'était *emparé du crâne et que cette personne était au courant de tout.*

Je ne suis vraiment pas fière de moi. À présent, je suis trop malade pour remettre le crâne à sa place. Et j'ai trop peur de Torrance pour le lui donner tout simplement. Je me suis mise à réfléchir à Mike Osland. Il a disparu avant que Mark Kaplan ne soit tué. Je me souviens qu'il regardait Marcia avec insistance, lors des soirées auxquelles j'ai assisté. Je pense dorénavant que Marcia, qui paraît très légèrement excentrique en surface, est en réalité complètement dérangée, mentalement. Et je crois que Torrance le sait. Pourtant, il poursuit sa vie comme si de rien n'était. Comme si, en niant le fait que son épouse ait besoin d'être soignée, elle pouvait aller mieux.

Je suis désormais à la fin de mon propre chemin et ne puis plus m'inquiéter de toute cette histoire. Si mon avocat trouve ceci, qu'il fasse ce qu'il pense être juste : je me moque de ce que les gens pourront dire de moi lorsque je serai partie. Si Roe trouve ceci, qu'elle fasse ce que lui dictera son cœur. Le crâne se trouve dans le siège sous la fenêtre.

Jane Engle

Après un dernier regard sur la feuille de papier entre mes mains, je la repliai. Sans y avoir véritablement réfléchi, je la déchirai ; en deux, puis en quatre, et ainsi de suite jusqu'à ne plus avoir qu'un petit tas de confettis devant moi. Je rassemblai le tout et le jetai dans l'évier. J'ouvris le robinet et déclenchai le broyeur. Après avoir vu le dernier morceau disparaître sous mes yeux, je vérifiai méticuleusement le reste des enveloppes dans le présentoir. Elles étaient toutes parfaitement anodines.

J'étudiai le calendrier de Jane, qui avait deux mois de retard. Je le décrochai, tournai les pages pour atteindre le mois présent, et le remis en place. La page était vide. Le fait de ne pas avoir de travail faisait de ma semaine une masse informe et soudain, le vide s'étala devant moi comme une autoroute glissante et dangereuse. J'avais bien au moins une chose à faire, non ?

Ah, mais oui ! Horrifiée, je me rendis compte que j'avais failli oublier que j'avais prévu ce jour-là d'aller chercher ma robe de demoiselle d'honneur, maintenant raccourcie.

Miss Joe Nell aurait eu une syncope si je n'y avais pas pensé.

Je sus alors ce que j'allais faire : dès le lendemain, j'allais me mettre en quête de ma propre maison.

Je fis un détour par le cimetière avant de passer chez Great Day. Je remontai le tertre vers la stèle de Jane, qui était déjà en place. Bubba Sewell se montrait décidément très efficace – peut-être qu'il serait valable de voter pour lui. Je restai debout devant la tombe quelques instants. Je me sentais bête et affreusement sentimentale.

Je finis par me décider.

— D'accord, je vais bien m'amuser et en profiter.

J'étais venue jusqu'au cimetière pour parler à une pierre… J'aurais pu parler à Jane de n'importe où. Une gouttelette de transpiration me coula dans le dos.

— Je te remercie infiniment.

J'espérais que je ne lui semblais pas sarcastique.

— Mais à l'avenir, retiens-toi de me rendre service, recommandai-je à la stèle en pouffant soudain de rire.

Puis je remontai en voiture et m'en fus chercher ma robe de demoiselle d'honneur.

À suivre dans...

.3.

AURORA TEAGARDEN
À vendre : trois chambres, un cadavre

. . .

À présent qu'un héritage imprévu lui a permis de démissionner de son poste de bibliothécaire, Aurora dispose de tout son temps. Mais, comme elle ne tient pas en place, elle décide de se lancer dans l'immobilier. Elle possède un bon atout, puisque sa mère dirige la plus prestigieuse agence de la ville. La première maison qu'elle fait visiter compte trois chambres... et une mauvaise surprise : le cadavre d'une concurrente gît sur le lit de la chambre des maîtres. Naturellement, tous les soupçons pèsent sur l'équipe de sa mère et notre détective amateur se lance sans hésiter sur la piste du tueur. Lorsque ce dernier récidive dans une autre propriété à vendre, Aurora réalise qu'elle n'est peut-être pas de taille à affronter un meurtrier qui en sait visiblement beaucoup plus qu'elle sur le métier...

Ce que la presse en a dit...

AURORA TEAGARDEN

1. Le club des amateurs de meurtres

« Une intrigue ingénieuse et assez d'effusions de sang pour que les pages s'enchaînent à toute allure [...]. Harris entraîne les coupables et les innocents dans un récit captivant, tout en inventant une héroïne aussi forte et potentiellement complexe que la Cordelia Gray de P.D. James. » *Publishers Weekly*

« Un rythme intelligent, avec assez de fausses pistes et des indices judicieusement placés, permet à l'histoire de Charlaine Harris de se déployer avec vivacité. On n'a plus qu'à espérer un autre suspense haletant mettant en scène Aurora et ses amis. » *School Library Journal*

« *Le club des amateurs de meurtres* est la première aventure de ce personnage astucieux imaginé par Charlaine Harris et j'attends la deuxième avec impatience [...]. Son histoire est tour à tour charmante et effrayante, une combinaison difficile qu'elle parvient à exécuter avec aplomb et brio. » **Carolyn Hart, auteure du roman *Meurtre en librairie*, couronné par le Macavity Award**

AURORA TEAGARDEN

2. Un crime en héritage

« Tandis qu'Aurora dévoile avec désinvolture l'identité du meurtrier, Harris compose des scènes franchement drôles [...], appuyées par une distribution de personnages bien typés. » *Publishers Weekly*

« Divertissant. » **American Library Association**

« Lecture sympathique [...]. Chaudement recommandée. »
Pen & Dagger